萬葉集校注拾遺

工藤力男●Kudo Rikio

笠間書院

『萬葉集校注拾遺』目次

凡例

一　本書は論文集であって、いわゆる著書とは言えない形態の書物である。
一　前項の趣旨によって編んだので、加筆・訂正は最小限度にとどめた。それ以上の変更については「あとがき」に記した。
一　八篇には、原論文になかった節題を補った。
一　各篇は、おおむね、一般的な事項に関する論、個別の歌を対象とする論、その他の順に排列したが、関連するものがまとまるように配慮もした。
一　最後の一篇「歌語さまざま」は、新日本古典文学大系『萬葉集』第四冊に書いた、解説相当の文章である。他の論文とはいささか性質を異にするが、岩波書店の好意によってここに掲載することができた。
一　萬葉集の歌番号は、依拠した『國歌大觀』に従って、漢数字位取り方式で括弧書きした。ただし、「〇」は漢数字ならぬ「零」の代用符号である。
一　萬葉集の本文について特に記さないばあいは、塙書房の初版によるものである。その釈文は私意による。
一　論文・著書等の成立・刊行年次は、キリスト紀元によるアラビア数字で、書名・著者名等の下の括弧内に横組みした。
一　固有名詞・書名等の漢字の字体は原本に従うことを基本としたが、厳密ではない。
一　注記を節毎に付けた篇があったが、ここに収録するにあたって、他篇に同じく篇の終りに集めた。

〈被枕詞〉考

学問の進歩と歴史は、ある意味では、術語の進歩と歴史である。

——亀井　孝（1948）

はじめに

古代和歌の修辞をめぐる議論において、枕詞はつねに人々の関心を呼びつづけてきた。その起源・意味の論が中心であることはもちろんだが、時代を追って変容をあとづけ、あるいは個人による用法の差異を論ずるなど、研究は多彩である。そのさい、枕詞を受ける語はあくまでも脇役であって、さほどの関心が払われなかったが、今、その脇役に光が当てられる時が来ている。文学研究の進展に伴って、従来、枕詞側すなわち上ないし表から見ていたものを、その反対側すなわち下ないし裏から見ようとするものである。これは当然の要求というべきだろう。

その裏側にあって枕詞を受ける語が、「被枕詞／被枕」の名で、文学研究なかんづく萬葉集研究の術語として登場してから、いかほどの年数がたつだろうか。それが辞典類に用いられると、たちまち権威を帯びて流通するようになるが、これについて特に議論がなされたという記憶がない。枕詞によって飾られることばだから、「被枕詞／被枕」だというのだろう。人々はそれを当然のこととして受けいれ、あるいは自らの論に用いているのだと思う。しかし、これが学界に広がり始めたとき、わたしは強い違和感を覚え、自分では用いないように努めてきた。そして一度だけ私見をさりげなく表明したことがある。『国民百科事典』（1978）の第十三巻、「まくらことば」の項の末尾に次のように書いたのである（「被枕詞／被枕」などの斜線は「あるいは」の意味で用いる）。

枕詞は、古くは〈諷詞《よそえことば》〉〈発語〉、近世には〈冠辞〉〈頭辞〉などと称され、明治以降は〈枕詞〉に定着した。それを受ける語句を、近年〈被枕詞《ひまくらことば》〉というのは稚拙な呼称で、〈本辞〉あるいは〈受詞〉が適切である。

右の〈被枕詞〉に添えた割りルビ「ひまくらことば」には自信がない。多分そう読むのだろうという推測の域を出ていないのである。

わたしの違和感はその後も弱まることなく、近年その「被枕詞／被枕」の用いられることが繁くなるにつれて、むしろ強くなっている。七年前、「万葉集事典」と銘打たれた『別冊国文学』46（1993）には、三十七ページに及ぶ「枕詞・被枕詞事典」（白井伊津子編）が掲載された。このように標題に立てられたことによって、これは術語としていよいよ学界に浸透するに違いない。すでに手遅れの感がなきにしもあらずだが、本稿は、「被枕詞」という呼称に疑義を呈し、ついでに「枕詞」への異見を述べて、学界にささやかな問題を提起しようとするものである。以下の論述において、文献はおおむね著者名で示し、その公表年次をキリスト紀元による算用数字で括弧書きする。

一　枕詞を受ける語

「被枕詞／被枕」と呼ばれるものを、先人たちはなんと呼んでいたのだろうか。日本歌学大系を卒読したところ、特定の呼称には巡りあわなかった。

次に福井久蔵（1927）について見たが、かつて人々が枕詞を受ける語に特別な名称を与えたという記述は見えない。福井自身にも特にそれを志向したふしは見えないが、該書の巻末に「連接語索引」として、枕詞によって修飾される語の一覧を掲げている。しかし、特に定義してはいないところを見ると、これを術語として押しだす意図が著者にあったとは思えない。考察の視点はあくまでも枕詞の側にあって、「連接語」は、索引の標題のために臨時に作られた語だったとおぼしい。

この「連接語」は人々に受けつがれなかった。そもそも、これは実態に合わないものである。例えば「たらちねの母」において、「母」は「たらちね」によって喚起される語であって、何かを連接するものではない。そしてこの二つを連接する語は「の」であるのに、福井の言う連接語は「母」を指す。だが「連接語」

は、文法用語の「接続語／接続詞」を連想させる。ここでは、「たらちね」と「母」とを結ぶ「の」が連接語だという印象を与える。このような「Xの」形式の枕詞、「あしひきの」「たまづさの」「ぬばたまの」などにおいて、語としての実質は「の」を除いた部分にあるので、連接語とのずれは常に感得されることになる。これは、「玉藻なす」のような「Aなす」形式の枕詞においても同じである。連接の機能をになう「なす」が枕詞の一部であることは言うまでもない。

「被枕詞」の初出を極めることは至難であるが、いま知ることのできる範囲では、福井の著書が刊行された三年後の市村平（1930）に見え、「枕詞と被枕詞との間に一種の聯想的情調を起させるもの、いはゞ気分的修飾とでもいふべきものまでを包括させ」などと用いられている。特別な説明が施されていないのは、研究者のあいだで了解されていたからだろうか。だが、その十年後の高志覚成（1940）では、まだ平凡な「後続詞」「被修飾語」が用いられている。

この領域で多くの論文を書いた土橋寛氏の論文の一つ（1955）では、

このように歌全体を意味と無関係に、ただ被枕との関係だけで用いられているところに、枕詞の「意味の非実質性」は明らかに捉えられるであろう。

として、一段と省略の進んだ「被枕」の語が、定義もなく登場する。稿末に添えた三つの別表においても、見出し語として自明のように掲げられている。

武田祐吉（1957）には、「特殊の修辞」として、枕詞・序詞にかなりの紙数を割いている。しかし、枕詞を受ける語は「後続の詞句」「後続の句」「修飾される語」、序詞を受ける語は「後続の詞句」とするだけである。山口正（1964）に至って、第四章に添えた枕詞一覧表に「被枕句」の文字が見える。しかし、これは索引にも出しておらず、福井の「連接語」と同じような、便宜的・臨時的な使用であったかと思われる。これらと時期が交錯する辞典類、『日本文学大辞典』（1951）の「枕詞」の項（久松潜一執筆）では、枕詞を受ける詞に特別な名称は用いていない。大塚龍夫『枕詞辞典』（1961）の凡例には、「一つの枕詞が修飾する語」「その枕詞によって修飾せられる語」とあって、やはり特別な名称を与えてはいない。

その翌年に刊行された『和歌文学大辞典』（1962）が期を画することになるようだ。高崎正秀執筆の「枕詞」の項には、「枕詞は被枕詞との関係において成立するものである」「被枕詞の性格」など、「被枕詞」を五回にわたって用いており、明らかに術語たることを自覚した使用が見える。この辞典に掲載されたことが契機となって、これが学界に流通しはじめたのでないか、とわたしは見ている。金子武雄（1972）には、別の視点からではあるが、「被枕」と呼ぶことには従えないとし、むしろ「被主／被主詞」とでも呼ぶべきだとの発言がある。増井元（1973）には、「枕詞によって〝修飾〟される語句（いわゆる被枕）」とあるなど、一貫して「いわゆる」という冠辞を付けている。「被枕」をいちおうは認めながらも、その使用をためらったのだろうか。

右のような状況下、序の節に引いた『国民百科事典』の出たころから、「被枕詞」を標題に掲げる論文も見え、確実に学界に浸透していくさまがうかがわれる。一方、早い時期に「被枕詞」の省略形「被枕」を用いた土橋寛氏だが、『日本古典文学大辞典』(1985)の「枕詞」の項では、七回の機会をすべて「後続詞」で通している。三十年を経ての術語の変更である。土橋氏のいかなる思索の結果か、わたしは知ることができないが、望ましい変節であったと思う。一方、『和歌大辞典』(1986)の「枕詞」の項(滝沢貞夫執筆)には「被枕詞」が用いられている。そのような経過ののちに、「上代の文献に見える被枕詞(枕詞のかかる語句)を見出し語として」(凡例)とある白井伊津子(1989)が書かれ、やがて、序の節に示した雑誌の「枕詞・被枕詞事典」に発展する。その雑誌には他の執筆者によるゴチック体の「被枕詞」も見える。

この雑誌よりわずかに先んじて刊行された、枕詞研究の専書、近藤信義(1990)では次のごとくである。初めの「枕詞の史」の章では、「受け言葉との関係性」、西郷信綱『万葉私記』を紹介するくだりに「枕詞と被枕詞とに介在する空間」、吉本隆明『古代歌謡論』を紹介するくだりに「枕詞と受けのことばとの関係」「枕詞と受けの言葉とのあいだ」、第一章に「枕詞、被枕詞の二句をセットとして」、第三章に「ぬばたまのによって導かれた語」「枕詞と受けの言葉との双方」などとある。一定した術語らしきものが見えず、これらについての明確な記述も見えない。近藤氏は態度を決めかねていたのではないだろうか。これは無理もないことであったとわたしは思う。

二　序詞を受ける語

枕詞に似た古代和歌の修辞法のひとつ「序詞」。これによって導かれる語句についても同様の問題があるはずである。しかし、学界では序詞と枕詞との性質の差異が主たる議論の対象であって、序詞に導かれる語句の呼称は、ほとんど注意されることがなかった。そうした状況で、上田説夫氏は最も明確な自覚のもとに術語を用いた一人である。上田（1983）には「連結語」なる語があって、次のように説かれている。

従来の注釈書などの用法でいうなら、「かかる語」、つまり序詞の被修飾語に相当する語であるが、ここではこの語を「かかる語」とみなさないのである。本論ではこの語をまったく別種の機能を有する語と考え、一首の序歌のなかでの序詞と心情部を連結する役割をはたす語とみるのである。

「かかる語」という表現は解せないが、序詞を含む歌を、「序詞―心情部」構造ととらえ、序詞は心情部の中の語を修飾するだけではない、序詞に導かれた被修飾語は心情部に入りこんで、両者を連結する機能を果たしている、というのである。

一見これに似た見解は、伊藤博（1976）に見える。従来の研究が、序詞の分類に関心を注いだゆえに、序詞を心情表出部への「かかり」と見ることへの抵抗に発している。少し長いが、次の萬葉歌をめぐる記述で示そう。

「をとめらが放りの髪を」木綿の山雲なたなびき家のあたり見む（一二四四）

（中略）右の上二句は、「木綿」にかかる掛詞的用法と説かれているものである。（中略。萬葉集私注・萬葉集注釋の説を引いて）いずれも心象部の一部「木綿」との関連でしか一首の序を考えていない。しかし、この序詞を単に掛詞的用法として扱い、機智を漂わせただけのものと見るのは、おそらく失考であろう。おとめが放りの髪を結ぶという序の内容は、「家のあたり見む」という心情表現とも浅からずかかわって旅情を深め、一首全体の雰囲気を高めていることに参与していると読みとらなければなるまい。（中略）当面の序詞は、「木綿」における二重表現を媒介としつつ、下句における心情の表象（譬喩）ともなっているのである。「木綿」は序詞（上）と本文（下）との「つなぎ」ことばなのであって、（以下略）

つまり、上田氏が心情部に重きを置き、序詞を受けて心情部につなぐ語句を「連結語」と称するのに対して、伊藤氏は、心情部の譬喩的表現の重みをになうがゆえに、序詞と心情部との「つなぎ」役の掛詞を重んずるのである。

この論はさらに広がる。

庭清み沖辺漕ぎ出づる海人舟の梶取る間なき恋もするかも（二七四六）

において、「梶取る」までが「間なし」の序であるとする通説は不自然だと批判する。伊藤氏は、作者の意図に即すると「梶取る間なし」がつなぎことばであるとし、「淡路島門渡る舟の梶間にも我は忘れず家をしぞ思ふ」（三八九四）などの「梶間」の例によっても、この解は動くまいという。「つなぎことば」の語が、このような掛詞式序詞にこそふさわしいことは、

秋の野の尾花が末の生ひ靡き心は妹に寄りにけるかも（二二四二）

について、澤瀉久孝『萬葉集注釋』が「生ひ」までを、日本古典文学全集本が「生ひ靡き」までを、それぞ

れ序詞とするのが妥当性を缺くことを見れば明らかである。

右に見たように、上田氏の「連結語」は、伊藤氏の「つなぎことば」に比べて物足りないことは否定できない。しかも、広義の序歌には次に掲げるように、つなぎことばのないものがある。伊藤氏の挙げる十五首のうちの一つである。


「三輪山の山辺まそ木綿短木綿」かくのみからに長くと思ひき（一五七）

その直下の語を飾ることを生命とする枕詞に比べると、序詞はかくも複雑な内容を含みもつのである。それにもかかわらず、枕詞を受ける語を「被枕詞」と称した市村平（1930）は、序詞を受ける語を「被序詞」としている。単純な類推である。境田四郎（1955）も同様で、「人麿が屢〻試みたやうに長い序詞を対句に仕立てゝ推し進め、愈〻被序即ち主想に移る時も」のように、「被序」なる語も作っている。境田四郎（1928）には、早く「序と非序との間に或る気分の暗合を企図したもの」もあるので、反対概念に近い同音語「非序」と「被序」を作ったことになる。

近年の辞書、例えば『和歌大辞典』（1986）の「序詞」の項では「後続の詞句」（池田勉執筆）とあり、『日本古典文学大辞典』の「序詞」の項（奥村恒哉執筆）には、序詞を受ける語句には名を与えてはいない。

三　「本辞」こそ本命

序の節でわたしは、「被枕詞」の読み方が確かにはわからない旨を記したが、「被枕」はなおのこと分からない。まさか「ひちん」ではあるまいと思ったのだが、今回の調査で接した文献の中で読み方を明示したのは、鈴木日出男（1986）に「被枕《ひまくら》」とあるだけであった。

わたしが〈被枕詞《ひまくらことば》〉を稚拙だと言い、これに強い違和感を覚えるのは、これが、音読みの「被」と訓読みの「枕詞」の合わさった語であることによるらしい。これに類する〈認定の漢語―和語〉構造の形に「不X」がある。それには、「不得手」「不届き」「不心得」など二十語くらいは直ちに挙げることができる。だが、これらの「不」は、もはや漢語の語構成法を離れて日本化し、下部成素「X」を装定していると見るべきものである。「被X」とは異なる構造なのである。

さて、その違和感は、もしかしたら己れの無智によるのかも知れない、この構造の語が現代日本語にはいくつもあるのかも知れない。そこで、手元の国語辞書で「被」を上字に持つ「被X」の形の見出し語を通覧してみた。そして次の結果を得た。

Xが名詞で、「被」がそれを修飾する〈連体修飾語―名詞〉構造の語には「被膜」がある。「被」が動詞、Xがその補語と解される〈動詞―名詞〉構造の語には「被弾」「被災」などがある。Xが動詞で、「被」が受動の認定関係を表わす〈受動の助字―動詞〉構造の語には「被害」「被曝」「被覆」などがある。もちろん、最後の構造のものが最も多い。いずれもXは音読みの語であって、訓読みの語は一つも見いだせなかった。「被まくらことば／被まくら」などという語を、日本人は認めてこなかったようだ。

「被枕詞」に模して作られたらしい「被序」はどうだろうか。「序」は「まくら」と違って音読みではないか、と言う人があるかも知れない。はたしてそうか。漢字「序」は、名詞としては、順序の意か文体の一種に、動詞としては「ついづ」の意に解するのが普通だろう。したがって熟語「被序」は、「ついでらる」と解するのが最も自然である。「被序」は漢語とは似て非なるものである。むろん和語ではない。あえて言えば、片言あるいは隠語だろう。

さて、『国民百科事典』の枕詞の項で、わたしは「被枕詞」に代わる「本辞」を呈示した。これは丸山嘉信（1969）に拠るものである。そこには典拠を示す紙幅がなかったので、ここにそのことを明らかにして感謝の意を表明したい。その原文を引いておこう。

> 枕詞に関する古来の呼称は、多少ともその本質観を物語っている点が見える。たとえば「発語」（日本紀私注《ママ》）とか、「諷詞」（仙覚抄）とか、「冠辞」（真淵）のような名称は、下にある本辞に対して附着せる装飾であるか、または本辞を導出するための迎え水みたいなものである、ということを若干示している。

「本辞」が丸山氏の創作によるのか、あるいは何か先行する発言があるのか、その論文からは読み取ることができない。そして、氏がその考えをさらに積極的に展開することがあったか否かも知らない。かの事典で、「本辞」あるいは「受詞」が適当だ、と並列の形で書いたのは、「冠辞」に対しては漢語めかした「本辞」が、「枕詞」に対しては和語めかした「受詞」が適当だと考えたからである。「本辞」を先立てたのは丸山氏への敬意を示すためであり、「受詞」はわたしの思い付きに過ぎない。

なお、この点を補うものとして、序詞に関する森重敏（1973）を挙げておきたい。「序詞による比喩（能喩）と本詞（所喩）との関係」のように、「本詞」という語を当てている。「冠辞—本辞」の対応に比べると、「序詞—本詞」の対応もきれいである。これを「枕詞—本詞」に転用することも可能だと考えるのである。

被枕詞について結論を言うと、「後続詞」でいいのである。この語が、それたけを対象にして論ぜられることはまずない。必ず枕詞との関係で論ぜられるのだから、その文脈にあるかぎり、「後続詞」で十分に明示することができる。したがって、これに対して「被枕詞／被枕」という片言の命名をする必要はなかったのである。あえてそれに名付けるなら、本節に述べた「本辞」あるいは「本詞」を採るべきである。

四 「冠辞」への回帰を

本稿の標題に関する結論は前節に述べたが、これに関わって「枕詞」への疑問を表明しておきたい。福井久蔵（1927）は枕詞の名称について、矢田部公望の「発語」から加藤竹里の「玉かづら」まで、諸説を十二語に整理して掲げ、ほかにも相当数あるとしている。高崎正秀（1962）は、『和歌初学抄』から「次詞」を加えている。さらに文献を捜せばまだ殖える可能性はあるが、ここでその発掘は目的でない。

和歌の修辞の用語として何ゆえに「枕詞」が用いられたのか。文献上の初出とされる今川了俊の「落書露見」を読んでもわからない。その由来に言及することは、今のところ徒労である。ともあれ、福井久蔵によると、江戸時代にはおおよそ、「枕詞」と荷田春満に始まる「冠辞」が対立していたと見ていいようである。

賀茂眞淵が師の荷田春満の「かうむりことば」説についたのは幸いなことであった。眞淵は『冠辞考』序文に次のように書いた。

言《こと》したらねば思ふ事を末にいひ、仇《あだ》し語《こと》を本《もと》に冠らせついで、彼五つがひのすがたをたらはせるあり、こはいよゝ後にいで来たるものながら、心は上つ世の片歌にことならず、ひたぶるに眞《ま》ごゝろなるを雅《みやび》言《ごと》もて飾ればなり、譬ば貴人《うまひと》のよき冠りのうへに、うるはしき花挿《させ》らんが如し、

それに対して本居宣長が『玉勝間』八の巻に述べた見解は、「枕はかしらにおく物にはあらず、かしらをさゝふるものにこそあれ」「すべて物のうきて、間《あひだ》のあきたる所を、さゝゆる物をまくらとはいへば」とするあたりまでは、師匠の説の前半を受けていると見える。しかし、「吾師《ガ》の冠辞《カブリコトバ》といはれたるぞ、ことわりかなひては有ける、しかはあれども、今はあまねく、枕詞といひならひたれば、ことわりはいかにまれ、さてもありぬべくこそ」としたのは、宣長らしからぬ論理の腰砕け、長い物に巻かれた、とわたしの目には映る。

枕は頭《こうべ》の下にあってそれを支える道具である。ならば、枕ことばは本体である被修飾語の下にあるべきだろう。だが、現実の枕ことばは、本体たる語の上に位置するために、遥かに目立っており、「枕」の機能に即していないのである。眞淵の譬喩に継いで敷衍すると、権威を有するのは王であっても、それを明示するのは王が頭《こうべ》にいただく冠であるようなものだ。歌の知的な意味にとって重要なのは本体の語であるが、音声上の効果や映像の喚起には、飾りの語のはたらきが顕著である。本体を荘厳する語だから、として「冠

辞」の称を与えたのは最も適切であった。しからば、本体の語を「本辞」と称するのは当然の成り行きであろう。これが、「冠辞」に対するに「本辞」を採る理由である。

なお眞淵は、『冠辞考』の序文に、「冠《かうむ》り辞《こと》」「冠りことば」「冠辞」と書き、「今此かうむりことばを冠辞と書」とした。したがって、本文中では「かうむりことば」と呼んでいたのだろう。宣長は「冠辞」に「カウブリコトバ」の読み仮名を付けている。しかし、書名は「かんじこう」と読みならわしている。彼の『語意考』『歌意考』を初め、この時代、本文中での用法とは別に、書名は音読みすることが一般である。ここに「冠辞」を音読みするのはそれゆえである。よしんばこれを訓で「かんむりことば」と読んだとしても、対応する後続詞の別称「本辞」も「もとことば」と訓読みすればいいので、本稿の論旨に破綻は生じない。

おわりに

以上、和歌研究史という大河を一杓の水で測るに近い営みの経過を記した。これを要約すると次のようになろうか。

一　枕詞を受ける語句を「被枕詞／被枕」と称するのは、語の構造から見て不適切である。

二　一般にはそれが単独では用いられないので、「後続詞」あるいは「受ける語」で十分である。それは、序詞を受ける語についても同様に言えることである。

三　あえて命名するならば、「本辞」あるいは「本詞」が適切である。

四　「枕詞」の名称も、できることなら「冠辞」に復したい。

術語はとりわけ「名詮自性」であることが望ましい。言語の学徒の端くれとしてそう考えるわたしは、先に「位相」について、命名者の意図に帰って用いるべきことを述べ、あわせて誤解の一因が命名者の側にもあることを指摘した。次いで工藤（1997）で「語源俗解」の用法の混乱について発言した。そのたちばからなす第三の発言である本稿は、前二稿とは少し意味が違う。すでに数百年の歴史をもつ「枕詞」を改称せよと言ったところでせんないことだからである。しかし、「被枕詞」はその使用の歴史が浅いので、今ならまだ軌道修正ができると考える。かかる片言を学界でこのまま流通させることは、同じ学界に片足を載せる自分として恥ずかしいことである。そもそも、言葉の藝術である和歌の研究が片言を用いてなされるのは、いかにも滑稽なことではなかろうか。

以上、まことにささやかな提言である。そんなことに目くじら立てなくても、という非難の声が轟きそうな予感がする。それでも、このつぶやきが、いくたりかの心に何ほどかの揺らぎを与えることができたら幸いである。かつて、人麻呂歌集の議論において、略体・非略体という呼称が行われた。後者は、標準たるべき書記体に「非」の字をかぶせたもの、本末顚倒の名付けであった。近年、それを「常体」などと称するようになったのは、術語の使用におけるこの学界の健康さを証明したものだと思う。ならば、わたしの提案の聞き入れられることは望みなきにしもあらずだろうか。

[文献]

市村平（1930）「短歌に見えた枕詞と序詞との研究」（『國語と國文學』第七巻六・七号）
伊藤博（1976）『萬葉集の表現と方法　下』（塙書房）
上田説夫（1983）『万葉序歌の研究』（櫻楓社）
金子武雄（1972）『称詞・枕詞・序詞の研究』（新塔社）
亀井孝（1948）「日本語の現状と術語」（『思想の科学』第三巻九号）
工藤力男（1996）『語彙論の述語〈位相〉考』（『成城文藝』百五十五号）
工藤力男（1997）「語源俗解考」（『成城國文學論集』第廿五輯）
高志覚成（1940）「萬葉集の枕詞に於ける様式性」（『國語と國文學』第十七巻十号）
近藤信義（1990）『枕詞論　古層と伝承』（櫻楓社）
境田四郎（1928）「萬葉集の序詞について」（『國語國文の研究』廿二号　文献書院）
境田四郎（1955）「枕詞と序詞」（『萬葉集大成』言語篇）
白井伊津子（1989）「上代被枕詞索引稿（上）」（『叙説』奈良女子大学文学部国文学研究室）
鈴木日出男（1986）「万葉的表現と古今的表現」（古橋信孝編『日本文芸史』一　有精堂）
高崎正秀（1962）「枕詞」（『和歌文学大辞典』　明治書院）
武田祐吉（1957）『増訂萬葉集全註釋』第二巻（角川書店）
土橋寛（1955）「枕詞の概念と種類」（『立命館文學』百廿四号）
福井久蔵（1927）『枕詞の研究と釋義』（不二書房）
増井元（1973）「万葉集の枕詞」（『萬葉集講座』第三巻　有精堂）

丸山　嘉信（1969）「和歌の修辞　Ⅱ」（『和歌文学講座』第一巻　櫻楓社）
森　重　敏（1973）「万葉集の修辞」（『萬葉集講座』第三巻　有精堂）
山　口　正（1964）『萬葉修辞の研究』（武蔵野書院）

孤字と孤語

――萬葉集本文批評の一視点――

はじめに

ますます隆盛にむかう萬葉集研究――さまざまの方法、多様な視点からの研究が、それぞれの領域で展開されている。毎年発表される論文もおびただしい数にのぼる。そのような現状の中で、本文批評だけは他の領域と異なり、目にふれる論文はじつに寥々たるものである。それはなぜか。

わたしの考えるところでは、萬葉集本文批評の方法は、三十年前にほぼ出つくしているからであろう。その方法とは、すなわち、『萬葉集大成　特殊研究篇』で佐竹昭広氏が「本文批評の方法と課題」に示したものを指して言うのである。一千年に及ぶ萬葉学の成果を整理し、自らの開拓した方法を加えて述べたこの論文は、そのまま今日の方法でもあるのだ。したがって、それ以後に発表された諸氏の論文も、おおむねこの枠を出ていないと言っていいのではないだろうか。[注1]そして、今後もそうした新しい方法が模索されることは期待できないだろう。

わたしがこれまでに発表したものはそう多くはないが、その中には萬葉集の本文批評に及ぶものがいくつかある。例えば、大津皇子の作歌と伝えられる

大舟の津守の占に告らむとは益為尓知りて我が二人寝し（一〇九）

右の傍線部をマサシニとよんでいるが、シク活用形容詞の語幹を助詞「に」がうけて副詞に転ずることは、この時代に限らず日本語史を通じてもありえないのではないかと考え、この孤例は「久→尓」の誤写によって生じたものではなかろうかと推定した。注2

また、巻第十の冬雑歌の一首

足引の山道もしらず白橿の枝もとををに雪の降れれば　或云枝も多和〻〻（二三一五）

この異伝に見える「エダモタワタワ」は、いかにも耳なれないものであるが、それは、形状言の畳語によって〈xもyに〉の副詞句を形成するばあい、その畳語は重複形になるのが原則で、しかも「タワ」の交替形「トヲ」が重複形を有するので、畳語の体系から見ても、もはや反覆形「タワタワ」は存しえないはずだから、ここは、「多和〻二」あるいは「多和〻尓」の誤写であろうと推定した。注3

右の二つのばあいは、いずれも、奈良時代の語彙体系を、その分野を限ってではあるが、詳細に検討した結果、これらが孤例になること、しかも誤写の蓋然性が極めて高いと考えられる文字であることから本文批評を展開したもので、いわば孤語注4をいかに処理するかという視点からの方法であるということができようか。

かかる事例にめぐりあうことがそう度々あるとは思えないが、とにかく有効な方法だと考えるので、細心の観察を続ける必要がある。

わたしは、さきに『校本萬葉集』新増補版の編集にかかわる機会があり、その作業の過程でいくつかのメモをとりながら、これまでそれをまとまった形にする機会がなかった。いま、そのメモや日ごろ考えていることのいくつかを、孤字という視点から見直して、それが、萬葉集本文批評の一つの方法たりうるのではないか、ということを述べてみたい。ここに孤字というのは右の孤語にならった造語であるが、その孤字はいろいろの段階が考えられるであろう。まず、実体としての孤、つまり、文字そのものが萬葉集に一度しか現われないものもあろう。次には用法のうえでの孤、例えば、訓仮名として、あるいは音仮名としてというように。また、特定の環境にあっての孤、例えば正訓字の連続の中に一例だけ見える音仮名とかもあるだろう。その他いろいろ。実体としての孤、なかでも正訓字の内の特異な文字については、本稿とは対照的なたちばから、その訓詁の論を展開して、文字の背後にある広く奥深い漢籍の世界を開示した小島憲之氏の多くの仕事[注5]がよく知られている。

なお、ここで孤字というとき、その孤は必ずしも唯一を意味せず、もう少し幅をもたせて使っている。二つあるいは三つということもありうるし、ある特定の個人だけが用いるばあいを指してもいいであろう。その意味では「稀字母」とか「稀用字」とか称する方が適当かもしれないが、しばらくは語呂のよさと、孤語との対ということで、孤字としておく。

一　おほにし思はば名積米八方

巻向《マキモク》之《ノ》檜原《ヒハラ》丹《ニ》立流《タテル》春霞《ハルカスミ》欝之《クレシ》思《オモヒ》者《ハ》名積米八方《ナツミケメヤモ》（一八一三）

右にかかげたのは寛永版本の本文と訓である。この歌、流布本赤人集に、結句が「若菜つまめや」とあるのは、「積米《つまめ》」とよんだものだろう。元暦校本・類聚古集・西本願寺本などが「ナクサメツヤハ」と附訓するのは、神田本が「米」の右に「種ィ」とするように、「名種米八方」の本文があったからであろう。現行訓「ナヅミコメヤモ」とよんだのは、『萬葉集童蒙抄』が最初のようである。

名詞「米《こめ》」は、皇極紀二年の童謡に「渠梅」と仮名書きされて、「来め」と同じ音形をもつことが分かっており、この訓はありうるのである。しかし、訓仮名「米《こめ》」はこれを唯一の用例とする。「米」がメ乙類の音仮名として圧倒的に多くの用例をもつことと対照的である。

ところで、動詞「来《く》」を含む音連続を二音節仮名で表記する例を探してみると、

うらぶれてかれにし袖をまたまかば過ぎにし恋《こひ》以《い》乱《みだれ》今可聞《こむかも》（二九二七）

門に居し郎子《いらつこ》内に至るとも痛《いたく》之《し》恋《こひ》者《ば》今還金《いまかへりこむ》（三三二一）

右のように「来む」二例が見いだされるが、充分に読みえたとは言えないものである。決定的な新見が現われないままに通説が行われているのであって、『萬葉集私注』が疑惑を投げかけたのはもっともなことだった、とわたしは考える。これには既に川本真理子氏の否定論[注6]があるが、「今《こむ》」の方は充分な説得力があると

は言えない。なお、川本氏の論の根拠には、大野透氏の「二合仮名の法則」が強くはたらいている。[注7]

一方、「なづむ」は十五の用例を見る。正訓とすべき「煩」「難」各一例があるが、当該例を含む「名積」が八例で、最も安定した表記であることが分かる。複合語として見ると、「名積去《ゆく》」一例のほかは、「奈積来・菜積来・名積来」とある。つまり「なづみく」は「ナ積来」の表記が一般なのである。

以上の論述によって、「米」が、じつは「来」の誤写なのではないかと考えるのは、自然ななりゆきだと言えるだろう。ならば、その誤字説を主張する人は多いのではないかと思うが、今わたしが指摘しうるのは『萬葉問聞抄』である。すなわち、田中道麿の「米は此まゝよまんか、此字の上に許なとの脱たるにや、又は来字の誤ならんか」に対して、宣長が「米は来の誤也」[注8]と断じていたのである。「米」と「来」、この字形の類似は疑うべくもなく、「未」ほどではないが、「来」にも誤写は多いのである。いま第巻八から拾ってみる。

　散りこすな由米《ゆめ》登云管《といひつつ》（一五〇七）

右の「米」を、多くの本が正しく伝えている中で、西本願寺本は「来」と読める字に作っている。

　ほととぎす今社鳴米《いまこそなかめ》友に会へる時（一四八一）

この「米」を類聚古集は朱で消し、その右に朱で「来」とおぼしい字を書いている。

　飲まむ酒かも散許須奈由米《ちりこすなゆめ》（一六五七）

末尾の「米」を、神田本は「来」に作っている。このように多いのである。まして今のばあい、誤写による訓の変動が起こらないというまれな事例なので、早く誤写されながら気づかれることなく過ぎたのではないか。

あるいは人あって言うかも知れない。「米八方」なら、「め」が表記されていないではないか、と。その疑問に答えるには、萬葉歌における「やも」がいかなる語法であったかを見ることが有効である。総索引で「やも」を検して、現時点での研究で修正してみると、「来八方」のように「め」が表記されず、いわば読み添えられるものが左のようにある。

潜《かづき》為《せ》メ八方《やも》（一二五四）　不相有《あはざら》メ八方《やも》（一七六二）

不相有《あはざら》メ哉《やも》（二四七七）　吾恋《あれこひ》メ八方《やも》（二五九八）

わずか四例と見えるかもしれない。じつは「やも」を含む表現は百三十ほどあるが、名詞につく五例、「言はずやも」三例、その他十二例のほか、残る百余りは「めやも」の形である。つまり、複合助詞「やも」は、特に歌末にあるとき、ほとんど〈已然形＋やも〉となり、万葉びとにとっては全くなじみの語法だったのである。げんみつにテニヲハを表記しなくても、メヤモは歌意からしぜんに導かれたと考えられる。されば、ここも「名積来八方」でなんら不都合はなかったであろう。

二　目耳谷我に見えこそ

孤字の定義をゆるく解釈すると、当然、その対象も多くなる。ここでは、そのような孤字の例として

「耳」をとりあげてみよう。

まず巻第七の一首を寛永版本によって掲げる。

妹《イモカ》當《アタリ》今《イマ》曾《ソ》吾《ワカ》行《ユク》目《メ》耳《ニ》谷《タニモ》吾《ワレ》耳《ニ》見《ミヘ》乞《コソ》事《コトト》不《ハ》問侶《ストモ》（一二一一）

「耳」の字は、訓字「ミミ」「ノミ」、音仮名「ニ」として用いられるのが普通である。ここに音仮名「耳《に》」として二つの用例をあらわにしているので、なんの問題もないようである。ところが、音仮名「耳《に》」の用例を見ると、いぶかしい点が見えてくる。定訓の得がたい一首（一五六）を除くと、左の三つが全用例である。

① 外《よ》目《そめ》耳《に》毛《も》見れば良き子を（二九四六）

② 左《さ》耳《に》通《つ》良《ら》布《ふ》君がみ言を（三八一一）

③ 大船の由久良〻〻耳（四二二〇）

①については後述するとして、これほどに乏しい用例しかもない「耳《に》」であるからには、優勢な「耳《のみ》」との誤読を避けるための配慮がなされねばなるまい。②と③ではそれがなされているといえる。すなわち、音仮名の環境で用いられることがそれで、ここでは誤読は絶対にありえない。ひるがえって当該歌を見ると、第三四句は「目耳谷吾耳見乞」と、むしろ表意字と訓仮名の環境であることが分かる。二つの「耳」のうち、上の「耳」については、契沖の慧眼がすでに見ぬいており、「耳《に》」ではなくて、第三句を「メノミダニ」とよむことを『萬葉代匠記』精選本で述べている。そして『古今和歌六帖』に引かれた「いもがあたりいまぞわがゆくめのみだにわれにみえつつこととはずとも」に支えられて、「耳《のみ》」に定まったといえるのである。

このようにして「目耳《に》」が消去されると、下の「吾耳《に》」の孤立ぶりがいっそうあらわである。右に引いた『古今和歌六帖』は「吾《われ》耳《のみ》」とよんだわけであり、「みつつ」は、「乞」を「乍」と見たものである。後者については歌意からして採れないが、「耳《に》」とよまなかったことは鋭いといえよう。訓字の環境で唯一の孤例となる「吾耳《に》」をわたしは誤字説によって解消することができるのではないかと考える。訓はそのままにして、「耳」は「所」の誤写ではあろうとするのである。その誤写の蓋然性を直接証明しうる材料はまだ得ていないが、途中に一段階を設けることで証明できる。

「耳」と「可」の草書体はごく近いが、例えば次の歌を見よう。

　ながつきのその初雁の使にも思ふ心は可聞来《コ》奴《ヌ》鴨《カモ》（一六一四）

「可聞」はこのままに、諸本「きこえ」とよむのを、『萬葉代匠記』初稿本が「所」の誤写として以来、それに従うものの多いことは周知のとおりである。「所」の古い字体の「可」に誤りやすい実例は、日本古典文学大系が、この歌の頭注に三つの例を挙げていることからも知られる。わたしはそれとは違う例を示そう。まず「千早人氏川浪乎清可毛」（一一三九）の「可」を、類聚古集が「所」に作り、神田本が「耳」の草体とおぼしい字に作っているのは、当該歌を考えるうえで最もふさわしい異文である。「秋芽子者花耳開而」（一三六四）の「耳」を、元暦校本は「可」に作り、それを墨で消して、その右に「耳」と直している。「佐可遥越売」（三三〇九）の「可」を、元暦校本は「耳」とも見える字で書いている。類例はなお多い。

かくして、わたしはこの歌の第四句を、訓を変えずに誤字説によって「吾《われ》所《に》見《みえ》乞《こそ》」とするのであるが、終りに、もう一つ状況証拠を提出しておこう。巻第七は、柿本人麻呂歌集の歌を除くと、おおむね相似た表記形式をとっている。そして、所相の表記はたいそう丁寧になされているのである。「みゆ」については「不見《みえなく》」（二〇八三）が一例あるだけで、残る十二例は「所見」と書かれている。この傾向からしても、当該歌の「吾《われ》耳《に》見乞《みえこそ》」の異質なことが分かるであろう。

以上、音仮名の環境、訓字の環境ということを述べてきたが、その境界域ではどうなるだろうか。かりに意字表記を基本とする歌でも、語尾やテニヲハは音仮名で書かれやすいので、そこに境界ができる。その一例を、さきに、後述するとした①に見ることにしよう。

玉梓《タマホコ》之《ノ》道《ミチ》爾《ニ》行相《ユキアヒ》而《テ》外目《ヨソメ》耳《ニ》毛《モ》見《ミレ》者《ハ》吉《ヨキ》子《コ》乎《ヲ》何時《イツ》鹿《シカ》將待《マタム》（二九四六）

次点本でこの歌を収めるのは元暦校本ばかりで、ほかに他巻とは書写の経過を異にする西本願寺本がある。右に示したのは西本願寺本の本文と訓であるが、元暦校本は第三句を「外耳毛」に作り、別提の訓は「よそめにも」とあって、本文と訓とが合わない。ところが、その本文をよく見ると、図版に示したように、「耳」の第一画と第五画が極端に短く、たいそう「目」に近いのである。「よそめ」の用例は、ほかに、世染似裳（二七一七）、外目毛（二八八三）の二つしかなく、断定はしにくいのであるが、特に後者は当該歌と同じく「正述心緒」に分類される歌である。なお、新出の廣瀬本は「外目毛」の本文、ヨソメニモの訓で、まさにわたしの推定した形である。

ところで、「よそ」を用いた表現として萬葉集に「よそのみ」があるが、これは仮名書き五例のほかに、意字表記九例をかぞえる。その九つ、煩を厭わず書きだしてみよう。

外耳見管《みつつ》（五四六）　外耳哉将見《やみむ》（三一六六）

外耳ツ見之《みし》（二五二二）　外耳ニ聞乍可将有《ききつつかあらむ》（五九二）

外耳ニ為而《して》（七一四）　外耳ニ見筒恋牟《みつつこひなむ》（一九九三）

外耳ニ見乍哉吾乎《みつつやきみを》（二九八三）　外耳ニ吾乎相見而《きみをあひみて》（三〇〇一・三一五一）

片仮名の小字は読みそえである。これによると、「よそのみに」の表記の安定ぶりがよく分かる。そこでわたしは、萬葉集では次のように書き分けられていたのではないかと考える。

外耳――よそのみ（に）

外目毛――よそめにも

つまり、「耳」は、音仮名の環境では「ニ」、その他の環境では「みみ」「のみ」と使い分けられていたと見るのである。元暦校本の訓は、その本来の形を伝え、本文が少し紛らわしかったので、「目」が「耳」と書かれ、やがて訓に合わせて西本願寺本以前の段階で「目」の字が補われて、現行の本文が生まれたのではなかろうか。その過程においては、「よそめ」と「よそのみ」が、とりわけ「見る」にかかるとき、ほぼ同義にはたらくということも関係しているであろう。

本節では、「耳」の字をめぐって三つのことを述べた。後半すなわち第三点は、「よそめ」の用例が少なくて確かなことは言えないが、だからといって、前半の主張には関わらないものである。

三　千名人は言ふとも

巻第七の譬喩歌「衣に寄す」三首の第三を寛永版本によって掲げる。

千名《チナ》　人雖《ニハモヒトハ》　云《イフトモ》　織次《チリツカム》　我《ワカ》　二十《ハタ》　物《モノ、》　白麻衣《シロアサコロモ》　（一二九八）

一見して知られるように、人麻呂歌集の略体歌である。いま論じようとするのはその初句である。類聚古集・神田本は本文を「千各」に作る。元暦校本・類聚古集・古葉略類聚抄が訓を「とにかくに」とするのは、「各」によるのだろう。現行の諸本は、『萬葉集古義』に従って「干各」に拠り、「かにかくに」と訓ずる。「干」「各」ともに二合仮名として、「各」に「二」を読みそえるものである。いかにも合理的で非のうちどころのない訓と見える。が、はたしてそれでよいのだろうか。わたしは二点をもってこれを疑う。

まず、読みそえについて。形式的部分の表記を極度に節約した人麻呂歌集略体歌であれば、読みそえは当然多くなる。しかし、ここは他とは違う。というのは、本文を「干各」とするなら、これは音仮名なのである。「木□葉」に助詞「の」を読みそえたり、「下□服而」に「に」を読み添えたりするのとはわけが違う。萬葉集における読みそえの問題を丹念に追究した蜂矢宣朗氏によると、原則として、音仮名のあとに読みそえはしないという。[注9] ことさらにこの原則に抵触しなくても、諸家も音仮名への読みそえを避けようとしているのだと言える。例えば、「ほととぎす今も鳴奴山の常影に」（一四七〇）には、『萬葉代匠記』に従って

「鳴奴香《なかぬか》」と「香」を補うなどがそれである。巻第九の長歌（一七八〇）の「浜も狭に後奈居而」を、次点本は「おくれなみゐて」と附訓し、西本願寺本では本文の「居」に合わせて「ヲクレナヲリテ」と訓じていた。『萬葉集略解』に至って「後奈美居而」と「美」の仮名を補ったのもそれである。同じ巻の短歌（一七九九）の第四句「尓保比去名」は古来「にほひてゆかな」の訓を伝えてきた。『萬葉考』が「比」の下に「弖」を補ってから、この本文を採ることが行われている。すべて音仮名の下の読みそえを避けるためである。

読みそえなどという個人的な要素を多く含むに違いない現象を、萬葉集全体に及ぼして一つの法則で解釈することは、確かに危険をはらむとは思うが、法則らしきもののあることもまた事実なのである。わたしはこれを認めようとするのだが、例外のない法則はないといわれるとおり、該当しないものもある。

野辺《のへ》行之者《ゆきしかば》萩のすれるそ（二一〇一）

恨めしと思ひてせなは在之者《ありしかば》[注10]（二五二二）

右の二つの「之」は同じ語の同じ文法形態を負う形で用いられているので、特別な例外と考えるべきものかもしれない。[注11]そのほかはだいたい処理しうるもので、僅かに残るのが、高橋虫麻呂歌集の不尽の山を詠む歌に見えるものである。

不尽河と人の渡るもその山の水乃當焉（三一九）

これは先の「之者」と異なり、語の承接関係からの類推も難しく、「あたり」の訓が長く行われたのもせんないことであった。賀茂眞淵の直感よく「たぎち」と読み、本居宣長の見識が「知」の脱字としたのである。

とまれ、音仮名に読み添えを求めることは一般的でないにもかかわらず、「干各」には無条件に「に」を読みそえているのは不審である。

次に、この歌の性質、すなわち人麻呂歌集略体歌ということから考えてみたい。例えば（訓は塙書房版『萬葉集』本文篇による）、

白玉《しらたまを》　従手纏《てにまきしより》　不忘《わすれじと》　念《おもひしことは》　何畢《いつかをはらむ》（二四四七）
春楊《はるやなぎ》　葛山《かづらきやまに》　発雲《たつくもの》　立座《たちてもゐても》　妹念《いもをしそおもふ》（二四五三）

この二首を典型とするように、意字表記で通すことが志向されるのが自然であろう。むろん、詩体・略体の名づけは後世のわざ、萬葉びとは関知しないことと言われるかもしれないが、詩体への志向があることは否定しがたい。そこで、その志向が崩れているかに見える、詩体歌中の仮名書きの語を検討してみよう。

詩体歌二百余首のうちに、仮名書きする自立語は、固有名詞を除いて三十ほど。そのすべてに仮名書きの必然的な根拠を見いだすことはできないが、当該歌を含む譬喩歌の冒頭から順序に拾って十語を見よう。

1　安治村（一二九九）——鳥のアヂには四例ある「味」が一般的だと考えるが、意字表記を原則とするのに、正伝（二五七）と異伝（二六〇）とで、味—阿遅と異なる表記をもつこともあり、単純ではなさそうだ。

2　十依（一二九九）——トヲヨルはほかに騰遠依（二一一七）、十縁（四二〇）と仮名書きばかり。これには意字表記がなかったとおぼしい。

3　十緒（一八九六）――2と同様、擬態語を含むトヲヲ七例すべて仮名書きである。

4　奴延鳥（二〇三一）――ヌエ鳥も六例すべて仮名書き。

5　為暮（二二三四）――シグレも三十六例すべて仮名書き。

6　舌日（二二三九）――「したふ」は、下部留《したへる》（二三三四）、下檜山《したひやま》（二三六九）のほか、古事記中巻に秋山之下氷壮夫《したひをとこ》がある。どのみち正訓字というほどのものはないが、下《した》だけは使えたはずなのに、そうしなかったのは、下日下《したひがした》となって、下の字が重なるのを嫌ったのかも知れない。

7　水阿和（二四三〇）――アワには沫が使えたのに、仮名書きしている。約音したミナワと訓まれることを避けたのだろうか。

8　早敷八四（二三六九）――ハシキヤシは、ほかに二例とも「早敷哉」（二三八〇・二四二九）と訓仮名書き。意字表記を原則とする他の歌においても、「愛」字を用いるよりも仮名書きがはるかに多い。

9　勢古（二三八四）――「背子」が一般的だが、じつは意字表記する巻にも各種の表記があり、これが特に異質だとはいえない。

10　伊田（二四〇〇）――間投詞のイデには「乞」が三例あるが、允恭紀二年の「圧乞」に「異提」と読む旨の訓注があって、この時代にも難読であったらしい。

以上によって、わたしは、詩体歌中の仮名書きには、それなりの根拠を認める方向で考えるものである。

問題の「かにかくに」とその類縁語はいかに表記されているだろうか。詩体歌にはほかに用例がなくて比較しえないが、萬葉集の意字表記の巻では左記のとおりである。半角数字は用例数。

カニカクニ　　云云3　　云々1

カニモカクニモ　左右*・左右裳・左毛右毛・此方彼方毛・鹿煮藻闕二毛　各1

＊「左右」（一七四九）には、カニカクニと読む説、誤字説もある。

カモカモ　　左右・左毛右毛・可聞可聞　各1

カモカクモ　　左右・此彼毛　各1

音仮名への読みそえの孤字「各《かくに》」への疑念が捨てきれないわたしは、これが「名」とも誤写されたことに着目して、「右」からの誤写と推測するのである。各・名・右の草書体の酷似することは例を挙げるまでもなかろう。下字が「右」ならば、上字は「左」となる。下字ほどには「左」から「千」あるいは「干」への誤写の蓋然性を強く主張することはできないが、元暦校本の右赭訓「チ、ノナニ」、古葉略類聚抄の訓「トニカクニ」から推して、平安時代にすでに誤写が生じていたことになる。

右に推定したとおりであったとして、「左右」の表記に、筆録者はカニカクニ・カモカクモのいずれの訓を担わせていたのだろうか。これが解決しなくては、わたしの考えは水泡に帰することになる。今、カモカクモの用例四つを見ると、「君がまにまと」（三九九三）、「君がまにまに」（三三七七）、「御言受けむと」（三八八六）、「左右為む」（三九九）というように、全て肯定的な叙述に応じていることが分かる。一方、カニカクニの用例を見ると、「心は持たじ」（六一九）、「人は言ふとも」（七三七）、「しかにはあらじか」（八〇〇）、「物は思はじ」（二六四八・二六九一）と、逆接および否定的な叙述に応じているものがほとんどで、残る一例も「思ひ煩ひ」（八九七）と、不本意な心情をいう動詞に応じている。当該歌「左右」に応ずる叙述は「人は言ふとも」で、カニカクニの他例と同類の表現なので、この字面でも充分に読み分けられたろうと考える。

かくしてわたしは、「各」という二合仮名が、読みそえを要求して用いられた孤例の表記を、誤字説で解消すべきだと主張するものである。あまり歯切れのよい論述になってはいないが、従来、漫然と読まれたきたこの歌の本文批評に一石を投じたい。

四　時及能かくの木の実を

以上、三節にわたって、薄氷を踏みわたるような思いで論述を展開してきたが、最後にいささか景気のよい主張を述べようと思う。

巻第十八、大伴家持の長歌「橘歌一首」（四一一二）の一部分を掲げる。

田道間守《たぢまもり》　常世尓和多利《とこよにわたり》　夜保許毛知《やほこもち》　麻為泥許之登吉《まゐでこしとき》　時及能《ときじくの》　香久乃菓子乎《かくのこのみを》

このあたりは、大野晋氏のいう、平安時代の補修部分の第五群に入る[注12]ので、原形への復元は難しいが、この本文を対象とする本文批評は可能である。

ことは、「時及能」の、わけても「及」にかかわる。『萬葉考』による校訂本文では、「及《しく》」が訓仮名の孤字になるのである。古写本はおおむね「支」とその異体字と見るべき字、類聚古集では「友」の右肩に点を打ったような字形に作って左に「可考」の注記がある。近世にはさまざまの誤字説が提出され、それを受けて現行の諸説がある。今それらを少し並べて、括弧内に諸注・諸本を略称で示そう。

登《と》吉《き》時《じ》支《き》能《の》（私注・新校）　時敷能《ときじくの》（新版新校・澤瀉註釋）
時支能《ときじきの》（全註釋）　時久能《ときじくの》（古典全書）
時支能《ときじくの》（大系）　時及能《ときじくの》（塙書房版・櫻楓社版）

トキジキノの訓は前例のない接続となり、古典全書・全註釋・大系の説は、「時」の下にジを補読しなくてはならず共に採れない。二書に見える訓仮名「敷」も問題である。かくて注目すべきは「及」説ということになるが、この訓仮名はありうるだろうか。

いったい、この橘の歌は、三百字に近い長歌と、二十六字の反歌（四一一二）から成るが、音仮名表記を基調とすること、この巻の他の歌と同様である。ただし、基調はあくまでも基調であって、この二首にも訓を負う文字がある。それを全て書きだしてみる。

皇神祖《すめろき》　大御世《おほみよ》　田道間守《たぢまもり》　常世《とこよ》　菓子《このみ》　国《くに》　孫枝《ひこえ》　五月《さつき》　をと女《め》　実《み》　見《み》れ
秋《あき》　雨《あめ》　零《ふり》　成《な》る　其《その》　実《み》　そのみ者《は》　ひた照《てり》　見《み》がほしく　冬《ふゆ》　霜《しも》　其《その》　葉《は》
常磐《ときは》　神《かみ》　御代《みよ》　此《この》　橘《たちばな》　木実《このみ》　名附《なづけ》（以上、長歌）　橘《たちばな》　花《はな》　実《み》　時《とき》じ

く　見《み》がほし（以上、反歌）

訓を負うて用いられた字の意外に多いことが分かる。これら三十数語は、固有名詞と、いわゆる正訓字によるものばかりで、訓仮名は一つも用いられていない。そしてそれは当然であろう。この歌を表記するにあたって採られた方針は音仮名基調で、それを補うものとして正訓字が用いられたのである。訓仮名を借りるくらいなら、初めから基調である音仮名で通せばよい。よって、「時及」も「時敷」[注13]も採れないことになる。

そこでわたしは、古写本の字形を尊重しながらも、誤字説を提案する。すなわち「時支能」は、もと「時士久能」であったと考えるのである。[注14]「士久」が続いているために、一字と錯覚されたものに違いない。「士《じ》」の仮名はさほど多く用いられていないが、五語七例を数え、巻第十六には漢語「力士」も詠まれている。

おわりに

言語を成り立たせている三つの要素、音韻・文法・語彙のうち、語彙は一番外側に位置するという。これを書記言語に移してみると、文字は語彙のさらに外側にあるだろう。外側にあるとは、それだけ変わりやすいものであり、個人の恣意に委ねられることが多いということである。そのような文字・表記の世界から原則を見いだすことは、どう考えても難しいに違いない。原則の立ちうる分野はごく限られたものになるだろう。

そのような自戒と反省を常に己れに課しながら、長い間、あるものは十年近くも暖めてきたことがらのうち、四つをここに公表してみた。標題の威勢とはうらはらに、いつ足もとが崩れ落ちるかと怯えながら書き進めてきたものである。しかし、今さら泣きごとを言っても始まらない。ともかく、静かに人々の批判を待つことにしよう。

注1　その中で、木下正俊「萬葉集写本の意改」(『文學』第四十八巻二号)、山崎福之「類聚古集の本文と書入」(『國語國文』第五十一巻三号)は注目すべき論考である。

2　拙稿「上代形容詞語幹の用法について」(『國語國文』第四十二巻七号)

3　拙稿「形状言による副詞句の形成」(『萬葉』百三号)

4　「孤語」は高木市之助が論文「周辺の意味」(『國語國文』第二十四巻五号)で「萬葉集中唯一回しか見当たらない語彙」に名づけたものである。

5　例えば『萬葉集研究』第二集から第七集までに発表された、四篇の「萬葉集用字考証実例」など。

6　川本真理子「孤例と思われる万葉仮名について」(『学芸国語国文学』十四号)

7　大野透『萬葉假名の研究』第八章に見えるものである(原著は横組み)。

一類のみのオ列音は乙類相当であるが、此を準乙類のオ列音と称する事にすれば、円唇性両音節を表記する二合仮名には、円唇性両音節による2音節単位語に於ると同様に次の2法則が認められる。

1　両音節がオ列音の場合は、必ず乙類乃至準乙類である。

2　両音節がウ列音とオ列音とより成る場合は、そのオ列音は甲類又は甲類に由来する準乙類に属する。

8　引用は筑摩書房版『本居宣長全集』による。なお、写本の字体について、本稿では、正体・略体・行書・草書などを厳密に区別しない。

9　蜂矢宣朗「萬葉集読添訓の研究（四）」（『天理大学学報』第十三巻三号）、同「仮名表記から読添へ」（『萬葉』四十三号）。ただし蜂矢氏はまた、語尾「に」を有する副詞は、膠着度が強まれば強まるほど一語の副詞として意識され、ニの読みそえという意識が薄く、その不表記はたいして訓読の妨げにはならなかったものと思われると述べている（「萬葉集読添訓の研究（三）」『天理大学学報』第十一巻一号）。

なお、音仮名のあとの読みそえの不自然さについては、早く橋本四郎氏の指摘「書評　日本古典文学大系『萬葉集　三』」（『萬葉』三十九号）がある。

10　この第二句の原文「思狭名盤」をかく読むことへの不審は、かつて「複訓仮名」（『國語國文』第三十八巻十一号）で述べたことがある。そこでの考え方も本稿の視点に通ずるものであるか、今は底本の訓のままに掲げた。

11　これについては、蜂矢氏も「仮名表記から読添へ」で疑義を述べている。

12　大野晋「萬葉集巻第十八の本文に就いて」（『國語と國文學』第廿二巻三・四号）。大野氏はこの箇所について、「参出来し登吉〇時能香久乃菓子乎」という原形において、「時」の上にあった「不」または「非」の字が、脱落したか読みえなかったかしたために、「まゐで来し時」の意であった「登吉」と下の「時」とが合わさり、その「時」が字音ジで読まれて「登吉時《ときじ》」となり、その下に写し手の恣意によって「支」が加えられて、「登吉時支能」という形が成立したのではあるまいかという。

13　「時敷」の表記は巻第三（三八二）に見えるが、表記原則がここと異なるので採れない。

14　この私案は、すでに小学館版「日本古典文学全集」に採られている。

孤立する訓仮名

——憶良「老身重病」歌の「裳」——

萬葉集の歌の表記様式が、和化漢文によるものと音仮名によるものとに二大別され、巻ごとにその表記様式の基調が決まっていることは周知の事実である。前者は、その最右翼に漢文かと見紛うほどの表記による、いわゆる人麻呂歌集の詩体歌があるわけだが、その他の多くの歌は、正訓・借訓・義訓・戯書・音仮名など多彩な表記を含む、いわばたいそう複雑な方式で書かれている。一方、音仮名表記の方は、和化漢文表記に比べると、じつに単調な景観を呈することになる。それでも全ての歌が音仮名で書かれているわけではなく、その景観を破られている歌が半数ほどあるのではなかろうか。その際、点景に用いられるのは表意文字すなわち正訓字であって、訓仮名ではない。紛らわしい訓仮名を用いるくらいなら、初めから音仮名を用いればいいのだから、これは当然である。

かくて、「音仮名表記を基調とする歌には訓仮名が用いられることはない」という原則は、およそ萬葉集の研究者なら一様に認めていることだと思う。確かに個々の歌に注を付けたりするとき、それに言及はするのだが、これを正面に据えて論じたものはごくわずかしか見当たらない。もはや論ずべきことはないというのだろうか。そうした状況の中で、稲岡耕二氏の『萬葉表記論』第三篇第一章の二「音仮名間に孤立する訓仮名」は、数少ない論考の一つである。こんど本稿をなすに当たって、わたしも用例の確認などで教わることが多かった。

この原則からはずれると見えるものはまだいくつか残っている。その例外らしき字というのは、「等知波々江　已波比弖麻多禰」（四三四〇）など防人歌に多い「江《え》」、「之津乎能登母波」（四〇六一）や古事記の神名「大宜津比売命」などの「津《つ》」、それに由来がいまひとつはっきりしない「可久婆可里　須部奈伎物能可」（八九二）の「部《べ》」など、それぞれにしかるべき事情をかかえており、一筋縄ではいかないものである。そのうち、「之津乎」については、最近、山口佳紀氏に論考「シヅ（賤）遡源」（『国語語彙史の研究』七）がある。

さて、それらのほかに、もう一つ山上憶良の「老身重病、経年辛苦、及思児等歌七首」の長歌に見える例外について考えることが本稿の目的である。底本には塙書房版『萬葉集　本文篇』第一版第十刷を用い、諸本・諸注の略称は通用による。

巻第五を表記の面から見ると、音仮名表記を主体とする八八三番以前と、表意文字を多用する八八四番以後とに二分することができる。後半に表意文字を多用するとはいっても、基調は依然として音仮名主体表記なのであって、例えば巻第一に見るような多彩な仮名表記は決して見られないのである。この巻の後半部に位置するくだんの長歌の冒頭六句、割注を省き、句の分かち書きにして掲げよう。

　霊尅　内限者　平気久　安久母阿良牟遠　事母無　裳無母阿良牟遠（八九七）

たいして難しい文脈だとは思わないが、八音の句が二つあり、「も」の音節が近接して三つあることが少しややこしい。校本によると、第五・六句を、写本では細井本だけが「事母元母裳无阿良牟遠」に作っている。「元」は「无」の誤写だろうから、細井本は、コトモナクモモナクアラムヲと読んでいたことになり、「裳」は助詞「も」にあてた訓仮名として孤立する。古典大系本は、細井本の「元」を「無」に訂してこれを採るが、おおかたの本は旧本のままに「事《こと》も無《な》く　裳《も》無《な》くもあらむを」と読んでいる。

この歌は圧倒的に意字表記が多い。しかも「裳」は句頭にあるので、当然これは表意文字と解されるはずだ。ならば、「裳」すなわちスカートがないということだろうか。しかし、諸注は、例えば『管見』に「もなくもあらん　わざはひなり」と解いて大差はない。音仮名表記を基調とするこの巻において、意字表記を多く含むとはいえ、諸注のように、ここで「災い」を言うために訓仮名「裳」を用いる必然性は全くない、とわたしは考える。

思うに、この「裳」は災いを意味する「喪」の誤写ではなかろうか。「喪」ならば、諸注が解いている「凶事もなく」というこの歌の文脈にいかにもふさわしい。今のわたしにはほとんど自明と思われるくらいの誤写なのだが、歌の形には響かないものだったので、無視されてきたのではなかろうか。もちろん、気附いた人もあった。『略解』には「モナクは多く「喪」の字を用ふ。わざはひ無きを言ふ。ここも「喪」の誤なるべし」と述べているのだが、『古義』には、「裳《モ》は（借リ字）凶事《マガゴト》にて、他所に喪ノ字を書る其レなり」と対立する主張があり、澤瀉久孝『萬葉集注釋』は『略解』の説を紹介しながら、理由も挙げずに「さうとも断じ難い」としりぞけている。このくだりの論議として最も詳しいのは『大成』訓詁篇の清水克彦氏の稿だが、これは細井本の本文の優劣を対句の点から論じたもので、その点には触れていない。大野透氏だけは『續萬葉假名の研究』で、「喪無母」に整定した本文を用いている。

誤写が生じているのに、それを無視してきた原因は、第一にそれによって歌の形が変わらなかったことであり、次いで訓仮名「裳」の用例の多さに比べて「喪」がまれにしか用いられない文字であったことであろう。両字の字形の類似は言うまでもないが、その紛れた事例を一つだけ挙げておく。

行くさくさ二人我が見し此の崎を独り過ぐれば情《こころ》悲《かなし》喪《も》（四五〇）

校本によると、この歌の末尾の文字は古葉略類聚抄すでに紛らわしく、神田本・大矢本・京大本は「裳」に作り、西本願寺本は「哀」に作って左に貼紙別筆で「喪《モ》歟」とある。哀・喪・裳はとかく紛れやすかったのである。

わたしは以上のように考えて本文改定を主張するものだが、歌の形には響かないのだからといって、このような営みが無意味だとは言えないだろう。萬葉集の本文を少しでも本来の姿に近附ける努力を軽視しては、萬葉集の表記体系や用字に関する論は成り立たないはずだから。思えば、裳―喪の誤写を指摘した人が少なかったのは、実に意外なことであった。歌として読めていたことがその原因だろうが、こんな簡単な誤写が明快な理由をもって処理されずに今に至ったのは、灯台のもとは暗いということなのだろう。心すべきことである。

附記　今年の三月発行の萬葉研究誌『美夫君志』三十六号に発表した「孤字と孤語――萬葉集本文批評の一視点――」において、わたしは本稿と同じ視点から、「橘歌」（十八―四一一一・二）には、「時及能」の「及」以外の訓仮名はない、と書いたが、それは長歌の第四句「可見能大御世爾」の「見」を見落としていたものである。もっとも、このあたりは平安時代補修部分の第五群にあたり、この「見」も仮名違いで論旨には響かず、むしろ私見の補強に有効なくらいなのだが、この場を借りて訂正しておきたい。（1988. 10. 20）

追記　「今のわたしにはほとんど自明と思われるくらいの誤写なのだが」として、諸本に見逃されてきたことへの不審を述べた。ところが、それに気づいた写本があったのである。先年世に出て、第三次増補・修訂した『校本萬葉集』新増補版に収められた廣瀬本萬葉集である。

廣瀬本の本文「事母无母阿良牟遠」は、細井本の本文から「裳无」を落した形であるが、「母阿」の字間に丸印、その右に「裳无イ」の書き入れがある。これで細井本の本文並みになる。訓は、右傍訓「コトモナクモナクモアランヲ」、「裳无」に対応する本行の左に「ワサハヒナク也」の書き入れがある。そして、「裳」の右に別筆で「喪」と書いてある。「裳」を「喪」と訂した人があったのである。

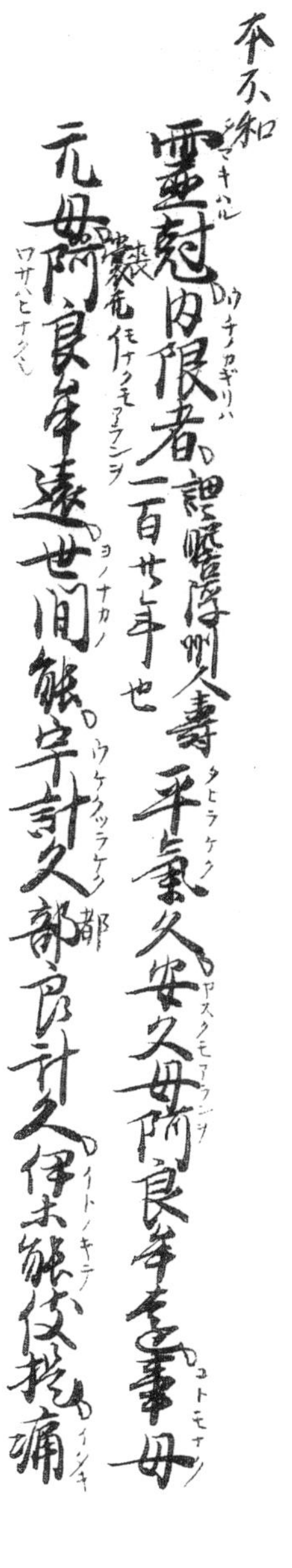

人麻呂の文字法

――みやまもさやにまがへども――

はじめに

新日本古典文学大系の内容見本、早川庄八氏の稿だったかに、『続日本紀』は一行に一編は論文があるという文言があったと記憶する。一行一編とはすごい、というのがそれを読んだときの感想であった。翻って萬葉集はどうだろうか。その数は『続日本紀』をはるかに上回るのではあるまいか。ほとんど論の対象にならない歌がある一方で、いくたびも言及されて平均値を高める歌もある。後者の一つが、本稿で取り上げる柿本人麻呂の作、三首の長歌を核とする通称［石見相聞歌］（『國歌大觀』の歌番号一三一～一三九）、九首から成る歌群である。中でも、第一歌群の二つめの反歌が最も多くの議論を呼んで来た。

1　小竹之葉者　三山毛清尓　乱友　吾者妹思　別来礼婆（一三三）

右に句間をあけて掲げた原文の、初句の「小竹」は「笹」にほぼ確定したと言っていいので、問題は第二三句の訓と解釈である。これをめぐる論文と注は、文字どおり枚挙に暇がないだろう。その中から数編を選んで縦糸・横糸にすると、容易に一編の論文が織り上げられるほどである。そこに今さら何を加えるのか、と人は問うかも知れない。しかし、まだ言うべきことはあったのである。新しい材料はないが、従来、文字の訓詁、動詞の意味と活用、歌詠の意図などの視点から主に考えられたが、ここでは人麻呂の文字法を中心に、古代語における字訓の変遷、副詞の語構造、萬葉歌の構文法などをあわせて考える。

一　さやに——擬声語と正訓字

当面の第二句は「みやまもさやに」の訓でほぼ安定しているが、「さやに」の理解が問題である。第三句は、「乱」の訓と、「友」で書かれた接続助詞の判断が議論の的になっている。しかし、第二三句の関わりと、この歌が日本語表記史上の重要人物の作であることへの配慮が欠けていると思われる。

まず、「さやに」の理解が微妙に異なっている。この歌を、旅人の夜の鎮魂歌とした折口信夫は、「さや」を笹の葉ずれの音ととらえた。この解を引き継ぐ人は今なお多い。しかし、そう解するには大きな障碍があった。「さや」に当てた「清」の文字である。それが笹の葉ずれの擬声語であったら、作者人麻呂はかかる表記を採用しただろうか。稲岡耕二『萬葉集全注』の語釈は、そのあたりの苦渋が滲んだ記述になっている。

「乱」字の訓にもかかわるが、これを模倣した金村歌に正訓字として使われているように、人麻呂の場合も借訓とは言い切れまい。音を主とした擬声語的なサヤニであったとしても、とくに「清」字を用いているのは、さわがしく厭われるのではない、清明な印象を強めるためではなかったか。そして、第二三句は、「山全体をざわめかせて乱れているが」と、擬声語に傾いた口語訳にせざるを得なかったのである。他の注釈書も、「全山さやさやと風に吹かれているが」（新編日本古典文学全集）、「み山全体にさやさやとそよいでいるけれど」（伊藤博『萬葉集釈注』）とほぼ同様である。

いわば折衷案で切り抜けようとした稲岡氏『全注』の解釈に、わたしは共感はするが従えない。右に引いたような意図であったら、作者は中立的な表記、すなわち音仮名で書くことができたはずである。それを明確な意字「清」で書いているのに、これを擬声語とするのは正当な処理であろうか。新日本古典文学大系は、この矛盾から一歩抜け出そうとして、脚注に「共感覚的視覚印象」の解釈を次のように呈示した。しかし、「乱」を「さやぐ」と訓むことが、この解釈の有効性を殺いでいる、とわたしは考える。

「さやに」は「さやさやと」という竹葉のそよぐ擬音。この音の印象から派生する「清く明るい」共感覚的視覚印象を、原文では「清」の文字をもって記してある。

この問題を正面に据えて論じたのが、塩谷香織（1984）である。発表後十五年たつが、意外に注目されていない。この長編論文で展開された塩谷氏の主張の要点を次に引いて掲げよう。

和語「サヤニ」の訓を持つ漢字は古辞書に見いだせないが、この「清」の「澄也、潔也」（玉篇）という意味は、萬葉集中の用例とも呼応する。「サヤニ」は「明らかに（はっきりと・くっきりと）」の意味で、「清」は借字ではない。

一方、古事記の歌謡に「さや」の畳語の用例が見え、これは擬声語と認めるよりほかない。次の二例の釈文は塩谷論文により、ルビなどを補う。

2　品陀《ほむだ》の　日の御子　大雀《さざき》　大雀　佩《は》かせる大刀　本つるぎ　末ふゆ　冬木の　すがらが下樹の　佐夜佐夜（記四八）

3　枯野《からの》を　塩に焼き　其《し》が余り　琴に作り　かき弾くや　由良の門《と》の　門中の　海石《いくり》に　触れ立つ　浸漬《なづ》の木の　佐夜佐夜（記七五）

また、「さや」を語基にもつ動詞「さやぐ」がある。萬葉集と記紀から用例を一つずつ引く（割注は《　》で示す）。

4　笹が葉の佐也久《さやぐ》霜夜に七重着《か》る衣に優《ませ》る子ろが肌はも（四四三一）

5　豊葦原千秋長五百秋水穂国はいたく佐夜藝弖《さやぎて》ありなり（記上巻）

6　夫れ、葦原中国《あしはらのなかつくに》は猶《なほ》聞喧擾之響焉。《聞喧擾之響焉、此《ここ》には左揶霓利奈離《さやげりなり》と云ふ》（神武即位前紀）

4は夜の旅寝の歌であって、笹の葉の動くさまを見ている保証はない。5と6は、音声から事態を推定する助動詞「なり」が使われているので、4と同様である。しかも6で対象にする音は快いものではない。動詞「さやぐ」に「澄・潔」の意は認められず、「サヤという音がする」意味かと思われる、と塩谷氏は言う。1の「さやに」をこの動詞と関連づけることは無理なのに、多くの注がその方向で解釈しようとしたのである。

その反証となる用例が、なぜか見逃されて来た。用例7である。

7　葦原のしけしき小屋《をや》に菅畳伊夜佐夜《いやさや》敷きて我が二人寝し（記二〇）

近年の注、日本思想大系・新編日本古典文学全集とも、「いやさや」を「弥清」と釈文している。「清」は、用例1と同じ文字であり、思想大系はその句を「いっそう清らかに敷いて」と口語訳し、他の注も似たり寄ったりである。

塩谷氏は言う、上代には、用例2・3の「サヤ」（これをAとしている）と、「清」の意味をもつ用例7の「サヤ」（これはB）と、二つの異なる語が存在したのであり、動詞「サヤグ」はAの方に属するのだ、と。このことは他の面からも証明することができる。まず、Bの形容詞「サヤケシ」は、萬葉集では「清・明・亮・浄・清浄」で書かれ、その派生形「サヤカニ」が「清」で書かれていることである。そして、これは平安時代の字書によっても支えられる。塩谷氏はこの語根「サヤ」の意味を、月の冴え冴えと照りわたるさまを形容した言葉であったか、と推定している。この推定は当らずと言えども遠くはない、とわたしは考える。

以上のような割に単純な結論に到達するまでに、長い時間を要したのはなぜか。従来、ここは死角であった。例えば澤瀉久孝『萬葉集注釋』の当該歌の注を見ると、その一因が分かる。

さやさやの擬声語からさやにの副詞となり、次の句の「さやぐ」の動詞ともなり、「さやか」「さやけし」の副詞、形容詞ともなつたもので、類似の語さわさわからさわやか、さわくなどの語が生れたのと似てゐる。

奈良時代には確かな例を見ることはできないが、「爽快」の意の平安時代語は「さはやか」であった。「さわさわ」と「さわく」の間に派生関係を認めることはできるが、「さわ」と「さは」は元来別の語であって、それとの繋がりは見いだせないのである。

さらにさかのぼると、大同二年齋部廣成撰述の『古語拾遺』に行き当たる。その「素神追放」と呼ばれるくだり、諸神の言葉「阿那佐耶憩《あなさやけ》」に、「竹の葉の声なり」の注がある。これは、清明なる意を表わす語を、竹の葉のそよぎによる擬声語とも理解したことを語っているからである。しかし、これは齋部氏の誤解にすぎない。そもそも「さや」が竹の葉による擬声語であったら、それに接尾辞「け」の付きうるわけがない。西宮一民校注、岩波文庫本『古語拾遺』の脚注に次のようにあるのが正解である。

サヤケは「さやけし（清明）」の語幹。この形は感動の表現。注の「竹の葉の声」はサヤ。音は共通するが、意味上は無関係のはず。

塩谷氏の結論は別の角度からも検証しうる。わたしは工藤（1986）において、上代の「サヤ」のたぐいを形状言としてこれを考察し、独立性の強い形状言は反復形の畳語になり（例、サワサワ）、独立性の弱いものは重複形の畳語になる（例、ハララ）ことが、古い語構成法であったとした。象徴詞（擬声語はその下位分類に用いることにし、広義のそれには象徴詞を用いる）は一般に独立性が強く、反復形に偏る。サヰサヰ・サラサラ・ビシビシがそれで、塩谷氏のAである。Aは反復形になり、あるいは「カ」を接尾させてタシカ・ハルカ・ホノカのような派生形を作ることを、竹田純太郎（1984）が明らかにしている。サヤ・サヤカ・サヤサヤは、このようにして成立したのだろう。

それに先行する工藤（1980）には、「サヤは擬声・擬態両方の用例をもつ」と書き、その稿の一覧表には次のような理解を示した（形状言語基には語義を漢字で括弧書きし、象徴詞にはアステリスクを附す）。

タシ（確）［語基］　タシカ［肥大形］　タシダシ［反復形］

しかし、今は、これを象徴詞とそれ以外とに分離することが可能だろうと考えている。すなわち、

タシ（＊）　タシダシ

タシ（確）　タシカ　タシダシ

とするのである。その一覧表にはないが、ほかに「サラ」についても、「サラサラ（＊）」「サラサラ（更）」を立てることができる。また、工藤（1980）では断定できぬままに処理した「ツラツラ」についても、Bの「ツラツラ（熟）」と、「つらつら椿」（萬葉集五四・五六）に用いられ、光沢を表わす擬態語らしいAの「ツラツラ（＊）」を分けるべきかと思う。

	清	清	清	
寒シ	スガシ スガスガシ	清シ	サヤケシ	明シ
寒	寒		明	明
温覚	温覚		視覚	視覚

右の記述は、もっぱら語構造論のたちばからの発言である。これを意味論のたちばから考察したものとして見逃せない論、佐竹昭広（1992）がある。この歌を旅人の夜の歌とする折口信夫の解釈に対する反論であり、心理学における共感覚の視点と、高木市之助の論文「萬葉集に於ける清なるもの」を契機に論

じている。そこでは、「清なるもの」を表現する世界を「清の構造」ととらえ、「きよし」「さやけし」に「清し《すが》」「清々し」を加えて分析して、別掲の表に示した。鮮やかな体系化である。この結論は、さきに呈示した語構成論からの結論と一致する。なお、「さやけし」の反対語は、萬葉集で「不明」とも書かれる「おほほし」であろうとすることも肯定できるが、「乱」を「さやぐ」と訓むことは私見と異なる。

二　ども――確定条件構文

第三句に移ろう。まず、接続助詞に当てた「友」は、「とも」と「ども」の一様に訓める。その違いは仮定条件と確定条件の差になるので、自ずと決着が付きそうに思える。しかし、そうは問屋が卸してくれないのである。

和歌には、佐伯梅友（1936）が「修辞的仮定」と名づけた表現があって、すでに実現していることを、修辞的に仮定条件で表現することがあるらしい。

8　楽浪《さざなみ》の志賀の大わだ与杼六友《よどむとも》昔の人にまたも会はめやも（三一）

9　山川を中に隔《へな》りて等保久登母《とほくとも》心を近く思ほせ我妹《わぎも》（三七六四）

8も人麻呂の作、研究者の間で「近江荒都歌」と呼ばれる歌群の第二反歌である。第一反歌には「ささなみの志賀の唐崎幸くあれど大宮人の舟待ちかねつ」（三〇）とあるので、近江の湖の一角、「大わだ」は現によどんでいるのだが、作者はそれを「よどむとも」と仮定の事態として詠んでいる。9は、越前国に流された作者が都の恋人に送った歌で、二人が山川遠く隔たっていることは自明なのに、それを「遠くとも」と仮定条件で詠んでいる。これは修辞的な仮定だというのが佐伯氏の趣旨であった。この説によって「友」を「とも」と訓んで仮定条件句とすると、それは終止形を受けるので、「乱《みだ》る」は四段か下二段か、という活用の問題は解消することになる。

一方、間宮厚司（1988）は、これを文構造から考えようとした。それによると、1の第三句以下は、次のような文構造である。

10　……トモ／ドモ……〈已然形＋バ〉

これと同じ構造を有する仮名書きの萬葉歌はほかに三首ある（構造が見やすいように、句切れの箇所に句点を打って掲げる）。

11　世間《よのなか》を憂しとやさしと思へども飛び立ちかねつ。鳥にしあらねば（八九三）

12　秋の野をにほはす萩は咲けれども見るしるしなし。旅にしあれば（三六七七）

13　旅衣八つ着重ねて寝ぬれどもなほ膚寒し。妹にしあらねば（四三五一）

見て明らかなように、これらは倒置表現であって、順直な形は、11では「……思へども鳥にしあらねば飛び立ちかねつ」となり、第三・五・四句と並ぶものである。そこで、順直配列の構文で仮名書きされた歌を探すと次の二例がある。

14　常磐《ときは》なす斯くしもがもと思へども世の事なればとどみかねつも（八〇五）

15　あしひきの山来隔《へな》りて遠けども心し行けば夢《いめ》に見えけり（三九八一）

11から15まで、接続部はいずれも「ども」である。「とも」とあるのは次の一例だけで、これには仮定条件「てば」が応じている。

16　秋萩ににほへるわが裳《も》濡れぬとも君が御船《みふね》の綱し取りてば（三六五六）

かくて次の事実が帰納される。

・ドモとあって、その下に〈未然形＋バ〉の来た例は無い。

・トモとあって、その下に〈已然形＋バ〉の来た例は無い。

ここに省いた他の視点からの考察も加えて、「友」はドモと訓まれた蓋然性が高い、と間宮氏は結論する。この段階で、これをトモと訓む塩谷氏と対立することになる。なお、1に類似する構造の歌が人麻呂歌集にあることも知られている――「高島の阿渡川波は驟鞆《さわけども》我は家思ふ宿り悲しみ」（一六九〇）。

三　まがふ――字訓の変遷

次に、動詞「乱」の訓みを解明しなくてはならない。

初めに「さやぐ」説。第一節で、清明の意のサヤと、音声を写したサヤとがあるとした結果からも分かるように、「さやぐ」は擬声語サヤを語基とする動詞であると考えられる。その用例には、1・4と同じように、荻の葉のそよぎを詠んだ萬葉歌がある。

葦辺なる荻の葉左夜藝《さやぎ》秋風の吹き来るなへに雁鳴き渡る（二一三四）

これらによって「さやぐ」説は成り立ちそうに見える。しかし、すでに諸氏が明らかにしたように、「乱」の文字の訓詁を押し進めていっても、物の形や秩序の乱れる意を出ることはなく、「さやぐ」説は捨てざるを得ない。

次いで「みだる」説を見よう。漢字の訓詁の結果からは、これが最も蓋然性が高い。ところが、この説は一つの難点をかかえている。すでに言われているように、和語「みだる」の対象はまず、「髪」（一一二四）・「柳の糸」（一八五六）・「玉藻」（一一六八）など、糸条の物が主である。さらに「心」「思ひ」も乱れ、「恋ひ乱れ」るさまも表現され、そこに用いられる譬喩は、「玉」（四二四）・「菅の根」（六七九）・「刈り薦」（六九七）などである。右のうち、「片糸もち貫《ぬ》きたる玉の」（二七九一）に見るように、「玉」は本来、糸で貫かれて一列に並んでいるものである。このほかに、「風に乱れて雪そ降り来る」（一六四七）・「朝雲に鶴《たづ》は乱れ」（三二四）などは、本来、秩序など期待できないものである。ここに「笹の葉」を置くと、柳の糸・菅の根・藻・刈り薦などと同じ植物ではあるが、糸条のものではない。さりとて、雪や鶴などとも比べられない。かくて、「みだる」説は行きづまる。

「さわく」説は、賀茂眞淵『萬葉考』に、初め「さわげども」として提出された訓である。漢字としては、例えば『説文』に「騒」は「擾也」とする訓詁を示せば十分であろう。和語の「さわく」は、擬声語「さわ」と関わるらしく、萬葉集には、音を中心とした「天の川浮き津の波音佐和久奈里《さわくなり》」（一五二九）、それに動きの加わった「真間の浦回《うらみ》を漕ぐ舟の舟人佐和久《さわく》」（三三四九）がある。が、惜しむらくは、萬葉集はもちろん、古代の文献に、「乱」を「さわく」に用いた例を見ることはできないのである。現在通行の注釈書が採らないのは当然であろう。

最後に「まがふ」は、『萬葉代匠記』精選本に一案として提出され、岸本由豆流『萬葉集考證』が引き継いだ。その根拠は、同じ［石見相聞歌群］に見える三例の「乱」であった。原文箇所に傍線部を附けてそれを左に掲げる。

大舟の　渡の山の　黄葉《もみちば》の　散之乱尓　妹が袖　清にも見えず…（一三五）
秋山に散らふ黄葉《もみちば》しましくは勿散乱曾妹があたり見む〈一云　散勿乱曾〉（一三七）

これについては亀井孝（1950）に支持の言が見え、春日政治（1950）には、西大寺本金光明最勝王経の古点から、「天ハ名華及妙香末ヲ雨リテ　繽紛へ乱へ墜シテ遍ク林中ニ満テシム」（巻第十）を引き、「繽紛」に「マカヘ」の訓、「乱」に「へ」の送り仮名があるので、「乱」も「マガヘ」と読んだのであろう、とした。そして、萬葉集で「みだる」と訓み慣わしている「乱」にも、「まがふ」と改めるべきものが少なくないように思う、と述べている。なお、ここの「マガヘ」は連用形なので下二段動詞である。これは「天」を行為者とする他動詞構文ゆえである。「繽紛」の文字の訓詁は、「紛、乱也」「繽紛、盛也」（玉篇）などを挙げることができる。字書の和訓は、観智院本名義抄に「繽　マガフ」「紛　マガフ　マシハル」「繽紛　トマカフミタレマカフ」などがある。「乱」に和訓「まがふ」が見えないのは、平安時代、「乱」には「みだる」の訓が定着していたからであろう。

以上のように、この歌の「乱」を「まがふ」と訓むことは自明だと思われるのに、研究者がこれに拠らなかったのは不思議である。その原因は何か。まず用例につこう。

梅の花知利麻我比《ちりまがひ》たる岡びには鶯鳴くも春かたまけて（八三八）

妹が家《へ》に雪かも降ると見るまでにここだも麻我不《まがふ》梅の花かも（八四四）

率《あどもひ》て　我が漕ぎ行けば　乎布の崎　花知利麻我比《ちりまがひ》……（三九九三）

塩谷氏は、萬葉集に「まがふ」の仮名書き例は三つだとして右の歌を引き、次のように結論する。

自動詞「マガフ」は植物に対しては「散る」ことに関してのみ集中で使用される語である。先の仮名書例のみならず、集中自動詞「マガフ」と訓まれる漢字例で植物に対し使用したものは、全て「散りマガフ」として使用されている。

氏の論には若干の誤認がある。右の第二例の「まがふ」は単独の用例であって、「散りマガフ」ではない。仮名書は三例だけというが、もう一つ「散りの麻我比は」（三七〇〇）がある。これは名詞だが、無視すべきではあるまい。なお、

我が岡に盛りに咲ける梅の花残れる雪を乱鶴鴨（一六四〇）

の結句の訓は、紀州本と仙覚本で「マカヘツル」と安定している。これは他動詞だが、考察の対象にすべきではないか。この歌では雪は降り積もって地面に残ったそれ、梅も落花ではなく枝に満開の白梅であろう。

これらの例から、「まがふ」の使用が、植物に対しては「散る」ことに限られるとした結論は速断ではなかろうか。多くの辞書が記述する語義「入り乱れる」、第二義的に「ものの見分けがつかなくなる」でとどめるべきであろう。

かくて、同じ人麻呂の作品、しかも同じ歌群の四つの「乱」のうち、三つを「まがふ」と訓みながら、1だけは蚊帳の外に置かれたのである。虚心に見て「まがふ」説は当然だと考えるわたしには、契沖の炯眼が正当な評価を受けず、それを支持した人も報いられなかったのは、残念なことであった。人麻呂は、笹の葉が揺れて妻の里を見やることを妨げる動きを、「まがふ」で捉えたのである。

四　人麻呂の文字法

最後に人麻呂の文字法と音声面から見ておきたい。

まず、「乱」にとって自明ともいうべき「まがふ」の訓が、古写本以来、なぜ避けられたのかという疑問がある。萬葉集の歌が書かれた時代、「乱」の和訓として「まがふ」がさほど特殊でなかったことは、前節の例のほか、

もののふの八十をとめらが挹乱《くみまがふ》寺井の上の堅香子の花（四一四三）

によっても知られる。人麻呂自身、新田部皇子に献上した歌の反歌にも、

矢釣山木立も見えず落乱《ふりまがふ》雪に驟《さわ》ける朝楽しも（二六二）

と用いている。しかし、前節でちょっと触れたように、「乱　マガフ」は平安時代に受け継がれなかったのである。

これは字訓史の問題であって、ここに詳述する余裕はないので、簡単な事実を示すにとどめる。観智院本類聚名義抄で和訓の掲げ方を見ると、二箇所の「乱」の筆頭訓がともに「ミダル」、二箇所の「紛」の筆頭訓が、それぞれ「マカフ」「チル」である。黒川本色葉字類抄で文字の掲げ方を見ると、「ミタル」三十八字の筆頭字が「乱」、「マカフ」四字の筆頭字が「紛」である。「乱」には「みだる」が主要な訓の位置を占めていたのであろう。

次に、人麻呂がこの歌群において、「乱」を「まがふ」（一三五・一三七・同一云）と他の訓（一三三）とに使い分けたのではないか、という疑問である。一字多訓の表記をしたか、ということである。しかし、その蓋然性はほとんど無いと言えるだろう。それは、人麻呂の文字法一般に広げて考えなくてはならない。彼の作を見てゆくと、かなりの文字が拾えるが、若干の文字を歌群ごとにまとめて句単位で掲げる（排列は順不同　数字は出現回数で、それ無きは一例の意）。

A　[近江荒都歌]（二九～三一）　所知食之乎《しらしめししを》　御念食可《おもほしめせか》　所知食兼《しらしめしけむ》　天尓満《そらにみつ》　天下《あめのした》2

B　[吉野讃歌]（三六～三九）　奉御調等《まつるみつきと》　仕奉等《つかへまつると》　依弖奉流《よりてつかふる》　因而奉流《よりてつかふる》　山神乃《やまつみの》　神長柄《かむながら》2　神《かむ》
佐備世須登《さびせすと》　川之神母《かわのかみも》　神乃御代鴨《かみのみよかも》

C　[日並皇子挽歌]（一六七～一六八）　所知食登《しらしめすと》　所知食世者《しらしめせば》

D［泣血哀慟歌］（二〇七～二一六）隠耳《こもりのみ》　雲隠如《くもがくるごと》　渡《わたる》日《ひ》乃《の》　相《おひし》日《ひ》所念《おもほゆ》　日者《ひるは》　入《いり》日《ひ》成《なす》2

Aの「しらしめす」において、「食」は敬語動詞「めす」の表記に一定しており、これはCにも共通する。なお、Bに「所聞食」があって、「きこしをす」と訓むテキストもあるが、「きこしめす」でいいと思う。「天」を「あめ」「そら」の二様に訓ませているが、これは、「天下」という漢語を用いたこと、「そらみつ」という枕詞を人麻呂独自の解釈によって使用したことが関わっているのだろう。現に「天尓満」の異伝には「虚見《そらみつ》」とあるのである。

Bでは「神」に二様の訓が見える。「山神《やまつみ》」は萬葉集の孤例だが、これは「わたつみ」に対応する「やまつみ」に依存した表記である。「奉」にも「まつる」「つかふ」が見える。「奉流《つかふる》」は人麻呂以外にはないが、和歌は音数律で訓み分けが可能だからでろう。因みに「奉」にはまだ定訓がなかった。

Dでは、「隠」が「こもる」「かくる」二つの訓を負うている。だが、萬葉集で「こもる」の訓字は「隠」専用に近い状態であったことを考慮しなくてはならない。他の字の使用は「内妻《こもりづま》」（二七〇八）・「窄而座《こもりてませ》者《ば》」（一八〇九）それぞれ一例だけである。一方、「かくる」も同じ状況で、萬葉集で「隠」以外の訓字は「過匿巻《すぎかくらまく》」（一〇六九）一つだけである。つまり、「隠《かくる》」は「雲がくる」という複合語に依存しているのである。「日者《ひるは》」において普通の「日《ひ》」と異なる訓を担わせて用いた意図は未詳だが、「日者《ひるは》うらさび暮らし夜《よる》者《は》息づき明かし」（二一二三）の対句に依存することは確実だろう。この作者には「日女之命《ひるめのみこと》」（一六七・同異伝）がすでにあった。

もう逐一見てゆくことはしないが、常用ならぬ文字を一瞥しておこう。［泣血哀慟歌］に「雖眷《こふれども》」がある（二一三）。この「眷」は、篆隷万象名義に「顧也、恋也」などとあるかなり珍しい文字で、萬葉歌で「恋ふ」には、他に二回、「吾眷《あがこふらくは》」（二四八一）・「眷浦経《こひうらぶれぬ》」（二五〇一）しか用いられていない。ともに巻第十一の人麻呂歌集の歌である。草の葉がしおれたり、人が思いしおれたりすることをいう動詞「しなゆ」は、萬葉集では五例しか見ない語だが、その内の三例が人麻呂の作で、二例は「思《おもひ》志《し》萎《なえ》」（一三八）・「念《おもひ》之《し》萎《なえ》」（一九六）と書かれている。「萎《なえ》」の表記から、彼がこの動詞を「し—なゆ」と分析したこと、動詞「なゆ」が存在したことは確実である。自らの言語をかように対象化しえた人麻呂が、一歌群の二つの異なる動詞を、「乱」一字で書くことは決してしなかっただろう。

現在最も広い支持を得ているらしい訓は「ささの葉はみ山もさやにさやげども」で、「さや」を擬声語と解するものである。サの音が四回繰り返されて、山中にある作者の寂しい心情表現にふさわしいと言うのだ。しかし、「さや」が笹の葉ずれを写した擬声語であったら、「乱」は「さやぐ」ではありえない。工藤（1998）に書いたように、和歌には象徴詞とその派生動詞が共起することはなかった、と言えるからである。平安時代、散文には「きしきしときしむ」などが極くまれに見られたが、短歌にはとても考えられないことである。このことは、間宮氏も「サヤニサヤグは、副詞サヤニが動詞サヤグを修飾する形になるが、そのような連合関係（例えば、ソヨニソヨグとか、トドロニトドロクなど）は、重複表現となるため表現として成立せず、例を見出せない。」と書いているとおりである。もっとも、間宮氏の結論は、「乱友」を「さわけども」と訓み、「さや」を笹の葉の音に重点を置く解釈である点で、私見と異なる。「さやにさやぐ」が意味を成さないことを早く指摘したのは大野晋（1949）だが、「乱」を「みだる」と訓む点が私見と異なる。ひとつ歌群のよく似た状況の描写・構文に用いられながら、「清」が正訓字と擬声語の借訓字に、「乱」が「まがふ」とその他の動詞に訓み分けられている現状は、人麻呂の文字法にそぐわないと言わざるを得ない。

おわりに

結論を箇条書きして結びとする。

一　当該二句は、「みやまもさやにまがへども」と訓むべきである。

二　「清」は、澄んで明るい意の「さや」を記した表意文字である。

三　「乱」は、同一歌群の他の「乱」と同じく、「まがふ」の表記である。

四　歌の構造から見て、「友」は接続助詞「ども」と訓むべきである。

長歌を踏まえて読むことを前提として言葉を省いたことが、この歌を分かりにくくしている。そこで語句を補って歌意を示すと次のようになろうか。

笹の葉は、澄んで明るい感じで山中を満たして激しく交叉するが、わたしは妻を思っている。別れて来たばかりなので。

〔文献〕

大野　晋（1949）「柿本人麿訓詁断片（四）」（『國語と國文學』26―10）
春日　政治（1950）「萬葉集と古訓点」（『萬葉集大成』20）
亀井　孝（1950）「柿本人麿訓詁異見」（『國語と國文學』27―3）
工藤　力男（1980）「形状言による副詞句の形成」（『萬葉』103）
工藤　力男（1985）「古代日本語における畳語の変遷―イトドからイトイトへ―」（『萬葉』120）
工藤　力男（1998）「象徴詞と接頭辞―ぬなとももゆらに考―」（『萬葉』166）
佐伯　梅友（1936）「「淀むとも」考」（『奈良文化』30）
佐竹　昭広（1989）「夜か昼か」（『折口学と古代学』櫻楓社）
塩谷　香織（1984）「ささの葉はみ山もさやに乱るとも」（『萬葉集研究』12）
竹田純太郎（1984）「万葉集について」（『佛教大学通信教育部論集』18）
間宮　厚司（1988）「「小竹の葉はみ山もさやに乱友」（萬葉集一三三番）の訓釈について」（『鶴見大学紀要』25・第一部）

鶴・西宮の法則の剰余

——大宮仕へ安礼衝くや——

はじめに

萬葉集の任意のテキストの任意の見開きに、本文や訓を定めるといった程度の問題が一つもないということは多分ないだろう。それらには、今なお多くの議論が重ねられているもの、かつてかまびすしい議論がなされたもの、意外にも議論があまりなされなかったもの、とさまざまであろう。譬喩をもって言うと、活火山、休火山、死火山である。前稿[注1]で扱った柿本朝臣人麻呂の「三山毛清尓乱友」などは、さしづめ活火山である。

「あらたへの藤井が原」の地に造営された藤原の宮、そこの井戸を称える長歌「藤原宮御井歌」に添えられた短歌はどうだろうか。

1　藤原之　大宮都加倍　安礼衝哉　処女之友者　乏吉呂賀聞（五三）

ふぢはらの　おほみやつかへ　あれつくや　をとめがともは　ともしきろかも

これは休火山とは言えまいか。この歌の研究史としては、廿余年以前、都倉義孝氏によって整理されたもの[注2]がある。都倉氏は、文学史の角度から記述することに熱心だが、「衝」を「つぐ」とよんで疑わないなど、歌の訓詁については全く筆を費やさなかった。それ以後では、政治史・文学史にかかわる視点による土橋寛氏の論文[注3]が詳しいが、近年はあまり活発に論ぜられることがないようだ。右に休火山と譬喩した所以である。本稿は、用字、動詞の語構造と格支配の問題を中心にして、日本語学の視点から読み直すことをその目的とする。

一　本文をいかに定めるか

初めに、本文と訓の異同について、校本萬葉集を基礎にして要点を示す。

本文は、第二句までほぼ異同がない。結句は、西本願寺本を初めとする仙覚本が「之吉召賀聞」に作り、元暦校本に「吉」がなく、元暦校本・類聚古集・古葉略類聚抄が「召」を「呂」に作り、その字は、冷泉本・廣瀬本に「召」と「呂」の中間のような字形で書かれている。

この本文で結句を七音節によむことはかなり難しい。結句の本文との関わりで決まるはずの第三句以下、寛永版本が「アレセムヤチトメカトモハシキリメスカモ」である。京大本では「衝」の左に赭「ツク」がある。第四句は諸本「チトメカトモハ」「チトメノトモハ」。結句は同じく「しきりめすかも」「しよくめすかも」。古葉略類聚抄は「□キロカモ」である。

右に見たような本文の状況では、まともに訓めなかった。ようやく本居宣長が『玉かつま』（十一）で、田中道麻呂の説として提出した誤字説によって一歩前進した。「之」は「乏」の誤りだとして、「トモシキロカモ」と訓んだのである。形容詞の連体形に「ろかも」「ろかむ」の続く形は、山田孝雄『萬葉集講義』に挙げたように、萬葉集に「多布刀伎呂可儛」（八一三）、古事記雄略に「登母之岐呂加母」、日本書紀仁徳に「箇辞古耆呂箇茂」と見えて、詠嘆表現と考えられている。以後、この説が多く行われており、わたしにもこれを拒む理由はない。塙書房版の本文と訓[注4]でいいと思う。

第三句末の文字について、宣長は『萬葉集玉の小琴』で、「武」の誤写でもあろうと言った。しかし、解釈できないのならともかく、「哉」で読み解きえているし、諸本の校異では古葉略類聚抄だけが「也」に作るのは、「む」ではなく「や」とよむべき文字であることを語り、かえって「哉」の蓋然性を高からしめるものである。よって、「あれつくや」とよんで連体修飾句とするわけである。動詞・形容詞による連体修飾句末に「や」をもつものは、「天飛ぶや鳥にもがも」（八七六）、「うれたきやしこほととぎす」（一五〇七）、「天なるや日月のごとく」（三二四六）、「かしこきや天のみかどを」（四四八〇）などが見えて、異とするには及ばない。いわゆる枕詞に、「あまてるや、あまとぶや、あめしるや、おしてるや、さひづるや、たかしるや」など、この構造によるものが多く、むしろ古い修辞法であったかと思われるのである。

二　「大宮都加倍」は名詞か

第二句「大宮都加倍」の「都」は、おおむね清音「つ」の仮名である。そこで、近年は「大宮つかへ」と清音で、つまり連濁しない形でよむのが一般である。それで、校注者が名詞と判断したのか、動詞の連用形と判断したのか不透明なことが多い。次にそれらを若干披見し、現代語訳のあるものは、それをコロンの下に書き添える。

甲　大宮に仕える者としての意。下に「に」を補うとわかりやすい。：藤原の大宮仕え、その仕えの者として。（萬葉集全注）

乙　ニを補い、宮廷の奉仕者として、の意と解すべきか。：宮に仕えるために。（新編日本古典文学全集）

丙　藤原の大宮にお仕えするために。ツカヘはツカヘニに同じ。（和歌文学大系）

右に見るように、例えば『全注』では、「仕へ」の上にも下にも「に」を補って解釈しているのである。それを歌に戻して書き替えると、「藤原の大宮に仕へにあれつくや…」となる。その歌から二つの「に」を削り去ったのが、いま見る1の歌だということになる。それでは、何とも寸詰まりな、おかしな歌ではなかろうか。

旧稿[注5]に書いたことだが、上代の日本語において、格助詞「に」は構文上に缺くことのできない要素であった。そして、係助詞に代理の役を委ねて潜在しはするが、そのほかは、律文において句の切れ目を利用して省略されることが、まれに見られるだけであった。その旧稿の趣旨と重なったり、それを修正したりもするが、萬葉集に「仕ふ」の用例を尋ねてみよう。

2　やすみしし　我ご大君の　畏きや　御陵奉仕流　山科の　鏡の山に……（一五五）

3　八重畳　平群の山に　四月と　五月との間に　薬獦　仕流時尒……（三八八五）

2は、額田王が天智天皇の山科御陵から退散する際に作った歌、3は、巻第十六の乞食の詠である。右の二例は、「みはかφつかふる」「くすりがりφつかふる」であって、「仕ふ」の対象は、ともに格助詞ゼロ（φ）の形で詠まれている。

そこに在るべき格助詞は何か。さらに「仕ふ」を探すと、次の二首に行き当たる。

4　磯城島の　大和の国に　いかさまに　思ほしめせか　つれもなき　城上の宮に　大殿乎‖　都可倍奉而……（三三二六）

5　天地と相栄えむと大宮乎‖都可倍麻都礼婆尊く嬉しき（四二七三）

4は巻第十三の挽歌、5は新嘗会の肆宴における大納言の歌である。その対象が「大殿」「大宮」で「まつる」を伴うが、格助詞「を」を取っているので、これは対格支配の動詞であったことが明らかである。したがって、格助詞が顕現していなかった先の2・3は、音数律の関係で省略されたのだと解釈できる。すなわち、2「みはかを仕ふる」、3「薬がりを仕ふる」の意だったのである。

次の歌の「朝宮」は、従来、格助詞「に」の無表記と解されてきた。

6　石走《いはしば》る　神奈備山に　朝宮　仕奉而　吉野へと　入ります見れば　いにしへ思ほゆ（三二三〇）

しかし、ニ格を取る場所名詞「神奈備山」がすでにある。4・5・6を並べて見ると、動詞はいずれも「仕へまつる」で、「大殿」「大宮」「朝宮」の共通点も顕著である。よって、これはむしろ格助詞「を」の無表記と解すべきであろう。

従来、この視点がおろそかだったのは、現代語の「仕える」がニ格支配の動詞として身近だったからに違いない。じつは、萬葉集にもニ格支配の例が見られるのである。

7　行き副ふ　川の神も　大御食尓　仕奉等　上つ瀬に　鵜川を立ち　下つ瀬に　小網《さで》さし渡す……（三八）

8　海人小舟　はららに浮きて　於保美気尓　都加倍麻都流等《つかへまつると》　をちこちに　漁り釣りけり……（四三六〇）

9　さを鹿の　来立ち嘆かく　たちまちに　我は死ぬべし　王尓　我は仕牟《つかへむ》……（三八八五）

10　降る雪の白髪までに大皇尓都加倍麻都礼婆《つかへまつれば》尊くもあるか（三九二二）

11　すめろきの　神の御門に　外のへに　たちさもらひ　内重尓　仕奉《つかへまつりて》……（四四三）

12　天地と久しきまでに万代尓都可倍麻都良牟《つかへまつらむ》黒酒白酒を（四二七五）

7・8は、仕える行為の目的を具体的に示す。9・10は仕える対象を示す。11はその対象の存在する空間を表現する。12は時間名詞についたもので、ここには直接関わらない。なお、9は3と同じ歌に見える例である。全体に用例が少なくて、この「を」「に」の使い分けの根拠が、わたしにはまだ判別できない。

1に戻ると、「大宮都加倍」は「おおみやづかへ」という複合名詞ではなく、「都」は清音の仮名のままに「大宮つかへ」と訓むべきで、音数律が許したら「大宮を仕へ」の形で顕現したであろう。先に見た甲乃至丙の注では、いかにも窮屈に感じられたが、古代の日本語では、この〈名詞―動詞〉構造のままで十分に機能しえたのである。

現代人の感覚では違和感があって、従来この解釈に到達しなかったようだ。そのことは、次の歌によって納得することができるであろう。

13　田跡河の滝を清みか古ゆ宮仕兼多藝の野の上に（一〇三五）

傍線部末尾の「兼」は助動詞「けむ」にあたる。したがって、上接語は動詞である。ならば、音数律が許せば、「宮」を対格補語に取って「宮を仕へけむ」となったであろう。ここでは複合していたので格助詞「を」が省かれたのだ解釈することができる。一方、すでに複合していたのなら、「宮づかふ」と連濁していたはずだという論理もありえて、それも一概には否定できない。なぜなら、複合名詞「宮づかへ」がすでに存したらしいことを、14に見るからである。

14　䓘莢《さうけふ》に這ひおほとれる屎葛《くそかづら》絶ゆることなく宮将為（三八五五）

これには「みやづかへせむ」の訓が行われているが、どのみち、本稿にとって有利にこそあれ、決して不利にはたらく材料ではない。

動詞「仕ふ」の格支配において、「を」から「に」への交替が進みつつあったようだ。この交替はなぜ生じたのだろうか。それを極めることは今のわたしにはできないが、その契機が語構造にあるだろうとだけは言える。以下、連用形で記述するが、「仕へ」と同じ語構造のハ行下二段動詞「構へ」などについて、四段活用動詞と「合へ」との複合による成立と解釈した大野晋氏の説[注6]がある。「構へ」は「噛み+合へ」によって成立したものだとし、この原理は「捉へ、抱へ、踏まへ、抑へ、銜へ、支へ」(順不同、漢字は引用者)などにも適用されるという。「比べ、浮かべ、堪へ」については抵抗があるが、他の動詞については、そのまま肯なうことができる、魅力ある説明である。大野氏は「つかへ」の成立に二つの異なる過程を考えた。「着き+合へ」による「つかへ①」と、「突き+合へ」による「つかへ②」である。「仕へ」は「つかへ①」、「支へ」は「つかへ②」に当たるという。氏の担当に違いない『岩波古語辞典』の「つかへ」(支へ・奉へ)の項には、次のような語義記述がある。用例は萬葉集の歌番号だけ掲げる。

> 《ツキ(突)あへ(合)の約。ツキは、下から上方へ突きあげ、捧げるようにする意。アへは、相手の重みや心の動きに合わせる意。下で、君主の意向に合せるように両手で捧げる意。(以下省略)》①君主・御殿・御陵などに対して、捧げ持つ気持で奉仕する。(用例、四五七・一五五)。②官職・宮廷・薬猟などに奉仕する。(用例、四四六五・三八八五)。

この辞典によって考えると、「つかふ」は元来、前項が「を」格を、後項が「に」格を支配する動詞であったかと思われる。複合動詞において、意味の重心は前項から後項に移って行った、と日本語史は教えてくれる。現代語で「に仕える」となるのは、その流れを反映するわけだが、日本語の文献時代に入ったとき、「仕ふ」における変化が既に始まっていたのであろう。

三 「衝」は「継ぐ」か

第二句の「安礼衝哉」を「あれつぐや」と訓んだ早いものとして、契沖の『萬葉代匠記』が挙げられる。その精選本に次のように見える。

アレツゲヤトヨムヘキカ。第四ニ神代従、生継来者云々、第六ニ八千年爾、安礼衝之乍云々、アレハ生ル、也。……ツケヤハ下知ニアラス。アレツカムヤ也。(岩波書店版『契沖全集』による)

この文字を「継ぐ」の意と解釈することについて、宣長は、第二音節の清濁の違いを盾に反対したが、山田孝雄『萬葉集講義』では、木村正辞『萬葉集美夫君志』の清濁通用説によって強行突破した。澤瀉久孝『萬葉集注釋』も同様にして「あれ継ぐや」と解した。澤瀉『注釋』と同年に出た日本古典文学大系『萬葉集』も同じ解釈であった。

西宮一民氏・鶴久氏が別々に同じ結論に達したという、「訓仮名の第二音節以下に清濁の異例はない」ということが発見されたのは、注7 それから三年後のことである。学部在学中にこのことを知ったわたしは、これを「鶴・西宮の法則」と呼んで称揚している。両氏は訓仮名によって論じたのだが、仮名において成り立つこの法則は、正訓表記字における清濁のありかたから導かれたので、まず正訓字に適用されること、言うまでもない。

西宮氏は、この法則から見て「継ぐ」ではありえないので、「あれつく」と訓むべきこと、「奉仕する」（玉かつま）、「榊を立つ」（私注）、「生《あ》れ斎く」（全註釈）のいずれかに解すべきだとした。そして、久迩京造営の由来を詠んだ歌（一〇五三）に共通する面があることから、『私注』支持の意向を示した。鶴氏は、「生《あ》れ著く」とすれば問題はないが、「生継来者《あれつぎくれば》」の例があるので「生れ継ぐ」説に従うべきだろうとした。鶴氏はこれを例外として扱ったのである。

鶴氏が例外の根拠とした「生継来者」は、崗本天皇御製歌の冒頭に見え、契沖も挙げていたものである。

15　神代より　生継来者　人さはに　国には満ちて　味村の　去来《かよひ》は行けど　あが恋ふる　君にしあらねば……（四八五）

この「生継」を「あれつぎ」とよむと、「安礼衝」の「あれつぐ」と同じになるというだけの話である。例外のない法則はないから、というのが例外扱いした鶴氏の弁明であるが、この項にはわずか四行余り費やしたに過ぎない。もっと論証を押してゆくべきではなかったか、とわたしは惜しむ。

15の「生継」を「あれつぎ」とよむことに近年は疑いのいだかれることがないが、はたしてそれほど自明なことなのだろうか。『校本萬葉集』によると、元暦校本・紀州本・廣瀬本・細井本、つまり非仙覚本は「うみつぎ」、袖中抄も同じである。西本願寺本に「アレ」を青書することから、これは仙覚の改訓と見られる。私見では、「あれつぎ」の訓を支える確証は、萬葉集にはないといってよい。多くの論者は周辺の材料を自説に都合よく解釈しているのではなかろうか。すなわち次の例。

16　橿原の　聖の御代ゆ　阿礼座師　神のことごと……（二九　人麻呂）

17　ひさかたの　天の原より　生来　神の命……（三七九　大伴坂上郎女祭神歌）

18　すめろきの　神の御代より　しきませる　国にしあれば　阿礼将座　御子の次々　天の下　知らしめさむと……（一〇四七　悲寧楽故郷作歌）

16・18によって、17の「あれきたる」の訓は確実であろうが、「あれまし」「あれきたる」のは「天皇、神、皇子」である。一方、15で「生継来」と詠まれたのは「人」である。それを、先立つ連用修飾句「神代より」があるからといって、現代の研究者が、聖なるものの出現を言うとする「あれ」と同じによむのは、強引ではあるまいか。

古事記で、例えば、伊邪那美・伊邪那岐二神による動詞の表記を見ると、国土を生み成す行為は「生津島」、神を生み成す行為は「生石土毘古神」のように書かれている。ともに「生」を他動詞として用いていること明らかで、その訓には「うむ」が当たる。神の誕生が常に「ある」で表現されたわけではないこと、明らかである。いわんや人間においてをや。

15の当該箇所において、神代から続いて来た行為は人を「生む」ことなのだから、「神代より生み継ぎ来れば」とよんでなんら差し支えない文脈である。したがって、これを根拠にして「安礼衝」を「あれつぐ」

とよむことは到底不可能である。

「鶴・西宮の法則」の妥当性、そして西宮氏の解釈が揺らぐことはないのである。

四　「安礼」とは何か

契沖を初めとする注釈家を迷わせた原因の一つが、巻第六、田辺福麻呂之歌集の「讃久迩新京歌」の一首である。そこにも「安礼衝」が見えるのである。

19　我が大君　神の命の　高知らす　布当《ふたぎ》の宮は　百木もり　山は気高し　落ち激つ　瀬の音も清し　鶯の　来鳴く春へは　巌には　山下光り　錦なす　花咲きををり　さ雄鹿の　妻呼ぶ秋は　天霧らふ　時雨をいたみ　さにつらふ　黄葉《もみち》散りつつ　八千年に　安礼衝之乍　天の下　知らしめさむと　百代にも　変るましじき　大宮所（一〇五三）

1の「安礼衝」を「生れ継ぐ」と解けないことはすでに述べたが、かりにそう解いても、1の「継ぐ」主体は処女、19「安礼衝之」には敬語も見えて、大君を行為主体とする別の表現だということになる。とにかく「衝」を「継ぐ」とよむ解釈は捨てなくてはならない。しからば、この「衝く」は何か。「鶴・西宮の法則」以降に書かれた、この句あるいは語についての注を少しのぞいてみよう。

1の「安礼衝哉処女之友」について

A　この世に生れてきたおとめたち（新潮日本古典集成）

B　運命付けられて生れてきた。このツクは定まる意。（新編日本古典文学全集）

C　生まれつきそういう者としてこの世に現われたの意（『全注』伊藤博）

D　生まれついた。アレは既出（二九歌）。神や天皇などがこの世に現われることを言う。ここでは御井に奉仕するおとめたちを神聖化して讃えての表現。（和歌文学大系）

19の「安礼衝之」について

a　「生る」は現われる、の意。「付く」は付着する、の意。（集成）

b　代々天皇の子孫がずっとこの地で生れ続けることになっていて。このツクはそのように運命付けられていることを表す。（新編全集）

c　「生れ付く」は、生まれつきそのものとしてこの世に現われ出る意。（伊藤博『萬葉集釋注』）

d　次々に御子が生まれて。一〇四七〔注〕「生れまさむ」参照。（『全注』吉井巖）

A・aの校注者は同じだが、記述はずいぶん違う。「現われ」て「付着する」とはいかなることなのだろう。B・bは同じ校注者による一貫した説明である。1が、通説のように采女から選ばれた者の神事行為だとすると、詩的な誇張があるにしても、Bの「運命付けられて生れてきた」の表現は重すぎはしないか。天皇についでは適当な表現かも知れないが、動詞「つく」にそんな意味がありうるのだろうか。C・cも同一著者の筆に成り、B・bに通ずる解釈である。Dもそれを継いでいるようだが、天皇に奉仕すべく諸国から奉られた采女を「神聖化して讃える」ことが古代の和歌にあったという記憶が、わたしにはない。dは、同じ田辺福麻呂之歌集の18の用法に同じとして、土橋寛氏の論に基づいて記述している。

そこで、土橋寛『古代歌謡と儀礼の研究』の当該箇所を要約すると、以下のようになる。賀茂祭の斎場に立てる榊を「ミアレ木」、祭に奉仕する巫女・斎女を「アレ乙女」、神職を「アレ男」と言い、今も上賀茂神社の後ろの山を「ミアレ山」という。神が降臨したと伝える山は全国にあるのに、何ゆえに賀茂社に限ってミアレ山の名があるのか。また、アレヲトメを神のミアレに奉仕する意に解するのは、語として無理であり、アレはヲトメ自身の性質を表わす語と見ねばならない。賀茂祭の起源を伝える『年中行事秘抄』所引の『旧記』に「取奥山賢木立阿礼、垂種々綵色云々」とある。アレは榊の木よりも、それに付ける綵帛をいう語であること、『中宮式』賀茂祭の条の「奉賀茂上下松尾三社幣。……五色絁各三疋〈阿礼三具料〉、楊筥三合〈盛阿礼料〉」がその証拠である。このミアレ木と同じ装飾物として、宮廷で行われる正月十七日の「観射儀」で使う「阿礼幡」がある（『兵庫寮式』大射条）。これによると、「阿礼」を取りかけた呪物が「阿礼幡」であり、「ミアレ木」であって、神が「生れ」「現れ」る木と解するのは、神の降臨と信仰との結合から生まれた聯想的俗解にすぎない。

右のような記述に続けて、19の「安礼衝」について次のように言う。

意味の分からなくなったこの古語を自己流に解釈して用いたのではないかと思う。「生れ継ぐ」意ならば清音の「衝」でなく、濁音の文字を用いるべきなのに、藤原宮の歌と全く同じ「安礼衝」の文字を用いているのは、却て古語を用いたものであることを思わせる。

藤原宮の歌はアレを「生れ」の意に解する限り、ツクをどのように工夫しても適当な解釈は得られないし、アレヲトメ、ミアレの木との統一的な解釈も得られないのである。

「アレ」は、「木」「乙女」「斎く」の修飾語であるが、それらに共通するものは、神聖の観念である。わたしが土橋氏の論に従うことのできるのはここまでである。土橋氏は、注3に引いた論文においても、「安礼」を「神聖な状態」と解する。延喜四時祭式の条に、座摩《ゐがすり》の巫の祭る生井・栄井・津長井・阿須波・婆比支の五神が見えることなどを踏まえて、御井の祭に奉仕する姿を詠んだものとするのだが、これでは「衝く」が解けない。

先に見たA乃至dの注はもとより、従来、「衝」の表記が多く視野の外に置かれたことは不可解である。ここで借訓表記する必然性はないので、まず表意文字として解釈する道を探るべきである。すると、土橋氏が右に引いた論文で紹介しながら採らなかった、伴信友『瀬見小河』の説が第一に顧みられる。この「安礼」は、賀茂祭のアレと同じく賢木に鈴と一緒に付けたもので、それでもって巫女が「宇気槽の上を衝く」ことだと言った。後段はアメノウズメノのしぐさを見ていること言うまでもない。『私注』の説は、アレの解釈においては近いが、それを「立てる」行為と見る点が異なる。

究極の所は推測以外の方法はないのだが、「安礼」について、わたしは伴信友・土屋文明の説に従いたい。「衝く」について考えると、アレを結んだ杖状のものを、処女たちが井戸のほとりに「衝きさす」と解釈したい。「立てる」と表現していないのは、清く豊かな水を祈る井戸開きの儀式において、水のほとばしりでる瞬間を言うために、「立てる」動作よりも、「衝く」方が象徴的な動作として重んぜられたのではなかろうか。今、日本各地に残る古い井戸には、弘法大師が杖で突いたので湧きだしたといわれるものが多いことも参考になるだろう。西宮氏が『私注』の解に賛同していたことは前節で紹介した。

1に適用させた「安礼衝」の解釈が、19「讃久迩京歌」の「安礼衝かしつつ」にも適用できるだろうか。1の「安礼衝」が古語になってしまっていたので、作者が独自に「生れ継ぐ」と解釈したのだ、と土橋氏は言うが、西宮氏のたちばからすると、この時代に清濁の通用を認めるのは論旨の後退である。18も同じ福麻呂之歌集の歌であり、近年は福麻呂自身の作と見る説が一般である。この歌の「阿礼将座」は、作者が「生れまさむ」と解していたことを語るのであろう。18では「阿礼」、19では「安礼」と書き分けているのは、断定は難しいが、異なる語として用いたからではあるまいか。

久迩京の建設あるいは遷都のいずれかの段階で行われた儀式にちなんで詠まれた歌と考えると、藤原宮御井の歌と同じような状況が想定できるであろう。藤原宮への遷宮からほぼ半世紀、土橋氏が言うように、「あれつく」はすでに古語となって、作者には誤解があったかもしれない。しかし、それは所詮推測にすぎない。まずは、1に同じと見て解くことが筋であろう。そのように腹を括ると、「あれつかしつつ」は、実際に「あれ」を衝くのは采女であっても、それを天皇の意思の発現として詠んだと解釈できるのである。「八千年に」の修飾語は、新都がいつまでも栄えて、重要な儀式がたびたび営まれることを予想した、作者の讃辞と見るべきであろう。

おわりに

以上、萬葉集巻第一「藤原御井の歌」の短歌（五三）に見える「大宮都加倍安礼衝哉」の読解を試みた。要旨をまとめると次のようになる。

本文は本居宣長による、現在通行のそれによって読んでいい（第一節）。「大宮都加倍」は名詞ではなく、「大宮」と「仕へ」に分けて解すべきであり、そこに格助詞「に」の省略を想定する必要はない。「仕へ」は「つきあへ」の熟合した、格助詞「を」を支配する動詞であり、ここでは音数律のつごうで省かれたのである（第二節）。「衝」は、「鶴・西宮の法則」によって「つく」とよむべきで、「つぐ」ではありえない（第三節）。「安礼」は、のちの賀茂祭などにも用いられた、神祭のにわを聖化する呪物で、それを結んだ杖状のものを処女たちが井戸に衝きさしたのであろう（第四節）。

右の記述において、「安礼衝」の「衝」を表意文字と見ることを主張し、従来はそれが無視されがちであったと書いた。「衝」を借訓文字と見て、それにはっきり言及したのは、伊藤博『全注』くらいのものではなかろうか。本稿では具体的に述べていないので、十分な説得力を持ちえていないことは承知している。というのは、次に掲げるように、「衝」の表意文字用法をさらに掘り下げるべき例が二つ、萬葉集に見えるからである。

・広瀬川袖衝《そでつく》ばかり浅きをや心深めてわが思へるらむ（一三八一）

・紅の裾引く道を中に置きて我や通はむ君が来まさむ　一云、須蘇衝《すそつく》河を　又曰、待ちにか待たむ（二六五五）

しかし、もはや紙幅がない。これについては、借訓表記が選ばれる条件を考える別稿に譲らねばならない。

注

1　工藤「人麻呂の文字法――みやまもさやにまがへども――」（『季刊文学』第十巻　四号）

2　都倉義孝「藤原御井の歌」（有斐閣刊『万葉集を学ぶ』第一集）

3　土橋寛「持統天皇と藤原不比等」（塙書房刊『萬葉集の文学と歴史』所収）

4　以下、萬葉集の長歌は句間をあけて掲げる。本文と訓は塙書房刊『萬葉集　本文篇』（第十刷）による。読み下し文の漢字は引用者による。歌の末尾の漢数字位取り表記は、『国歌大観』の歌番号である。引用では省略箇所を点線で示すことがある。

5　工藤「上代における格助詞ニの潜在と省略」（『國語國文』第四十六巻五号）

6　大野晋「日本語の語源に関する二、三の覚え書」（櫻楓社刊『〈五味智英先生還暦記念〉上代文学論叢』）

7　西宮一民「上代語の清濁――借訓文字を中心として――」、鶴久「萬葉集における借訓仮名の清濁表記――特に二音節訓仮名をめぐって――」（『萬葉』三十六号）

附記　西宮一民氏から受けた学恩は広く深い。その喜寿の祝賀に馳せ参ずるに、氏の業績に直接にかかわるものを目指して書いたが、快刀をもて乱麻を絶つようにはゆかなかった。ふだん〈鶴・西宮の法則〉と称するのは、二・五・四の音数律をよしとする以外に意味がないが、今回はそれを悔いる事態になった。順序を換えることも考えたが、それは結局思いとどまった。標題の「剰余」が鶴氏に多くかかることに免じて、御海容をお願いしたい。

人麻呂歌集七夕歌読解法

はじめに

萬葉集には、いわゆる難訓歌ではないが、見かけに比べて読解の難しい歌、読解しえたと見えて実ははなはだ危うい歌が残っている。早い時期の歌に特にその傾向が現われやすく、詠歌事情の不明が原因であるばあいが多い。柿本人麻呂の関わる歌にも完全な理解に達しえないものがある。巻第十の「秋雑歌」冒頭に収められた、柿本朝臣人麻呂歌集所出の「七夕《しちせき》」歌《か》三十八首、『國歌大觀』歌番号、一九九六〜二〇三三もそのひとつである。わたしにとって長く鬼門であったこの歌群、比較的早い大久保正（1975）の言及をうけて、これをあけるための鍵を学界に提供したのが渡瀬昌忠（1990）である。以来十年、次々と発表される渡瀬氏の一連の論文によると、細部に疑問の残ることはあるが、全体が一つの基準でおおむね解釈できるようになった。その結果、この歌群の解釈に関する旧説はすべて価値を失ったといってよいだろう。高松塚古墳の壁画に触発された氏の考察は、天文への関心が強かった天武・持統朝の時代状況の認識にたつ。そして、漢籍、図像・絵画資料を駆使して古代漢人の天文暦学をふまえ、黄道を航行しつつ二十八宿をめぐる月を擬人化して詠んだ歌を含むとする論は、人麻呂歌集七夕の歌の解釈に根本的な転換をもたらしたのである。

本稿では、その歌群から冒頭の三首を論ずることによって全体への見通しを図る。渡瀬氏が言及しなかった留意点をあげ、残る疑問点を解決し、現行諸説の再考を試みる。その方法は、日本語学の学徒の端くれとしての考察が主である。この歌群の最後の歌に付せられた左注「此歌一首庚辰年作之」の「庚辰」を、天武天皇の九年すなわちキリスト暦六百八十年とすることは定説である。よって本稿は、「七世紀の文学」特集の趣旨にはずれるものではあるまい。

言及する人名や書名を逐一示すことはしない。本文は塙書房版の第一版第十刷により、釈文の表記は私にする。長歌は原則として二句ずつまとめて掲げる。いくようかに行われる語形・術語などを斜線で区切ることがある。括弧内の漢数字は歌番号、横組みのアラビア数字は刊行年次である。

一　舟なる人に妹ら見えきや

天漢水左閇而照舟竟舟人妹等所見寸哉（一九九六）

天の川水さへに照る舟泊てて舟なる人は妹に見えきや

この歌群の冒頭歌である。第二句にあたるらしい「水左閇而照」は、現在「みづさへにてる」とよまれている。助詞「さへに」をかかる音仮名で書くこと、一首中に「舟」の語が二回みえることは、この本文の怪しさをうかがわせるが、代案がないのでここではふれない。幸い、第二三句の訓に若干のずれがあっても、下二句の解釈には大きな差が生じていないので、まずはこの本文に従ってどこまで迫れるかを考えるべきだろう。

冒頭歌であることと結句の表現とから、これが織女・牽牛以外の者の詠とみなされることが多かった。しかし、歌の理解は同じではなかった。近代の注釈書から下二句の異なる訓と口語訳をあげる。注1

A　舟こぐ人に妹ら見えきや（船こぐ人に、妹は見えたか。）

B　泊てし舟人妹と見えきや（対岸に泊めた舟人は、妹と相見えたことであらうか。）

C　舟なる人は妹に見えきや（舟の彦星は織女星の目に見えただろうか）

D　舟なる人は妹と見えきや（舟の上のお方は、いとしい人とまみえることができたであろうか。）

右のように、第三句「妹等」の訓解と、結句「見えきや」の解釈とが主な論点となる。

まず、古代の歌で「会ウ」ことを「見ゆ」と表現したか否かの議論は、渡瀬昌忠（1991）に簡潔に整理されている。それによると、萬葉集に「見ゆ」を「会ウ」意で用いた例はなく、「妹と」の訓と「マミエル」の解は成立しないという。「会ウ」意の根拠とされた「一世には再び見えぬ父母を置きてや長くあが別れなむ」（八九一）の「見ゆ」は「オ目ニカカル」意であって、「父母と見ゆ」といえるような「ト逢ウ」の意ではない、という指摘につきる。この語を核にして平安時代に成立した「まみゆ」が、謙譲語／受手尊敬語であることを思えば簡単にとけるはずなのだが、意外に紛糾したのは、織女と牽牛以外の者が七夕の逢会に直接に関わるとは考えられなかったからだろう。とまれ、「見え」が「会ウ」意でない以上、「妹等」にイモトの訓は成立しないので、BとDの解釈はすてざるをえないのである。

次は「妹等」である。萬葉集の「吾等」が「わ／われ」とよまれ、「等」が複数の意を担うだけで「ら」の訓を負わないとする説はほぼ定説化している。一方、ここの「妹等」の「等」が助詞「と」でないなら、複数の意をそえるだけの文字なのか、「ら」の訓を負うのかが問題となる。「いもら」の用例は、「妹等許」（一七九五　人麻呂歌集）、「若鮎釣る伊毛良」（八六三）、「見渡しに妹等者立たし　是の方に吾者立ちて」（三二九九）などがある。音声化される「等《ら》」についても、朧化法的用法と見るなどこちたき議論があるのだが、渡瀬氏はすべて複数を意識する語尾だとした。それに対して「等」が複数を表わしたら、複数の妻のもとに通うことになるという神林由貴子（1999）の批判もある。だが、侍女らと天漢の岸にたつ織女の姿を想像したとする渡瀬氏の解によれば、複数表現とするのも自然な理解となる。『懐風藻』七夕詩の織女の乗り物が仙駕・鳳蓋・竜車などと表現されるように、織女はひとり侘しく機を織っているわけではないからである。よって、この「ら」は、複数、朧化法的表現のいずれでも構わない、というのが私見である。かくて、当面の歌の結句は「妹ら見えきや」とよむことになる。これは、右に掲げたAすなわち旧版『萬葉集全註釋』（1949）の訓である。この点においては近年の解釈がむしろ後退しているのである。

ここで渡瀬氏のふれていない点に言及したい。動詞「見ゆ」の主格の位置にたつ語は、動作の対象すなわち見られるものである。この歌のばあい、見た人、見えた人、問うた人、問われた人を明らかにしなくてはならない。事の自然なありようとして、ある対象が見えたか見えなかったかは、見えた対象には自覚できないので、専ら見た方の判断によるほかはない。現代日本語には、対象の側からの表現として受動態「見られる」があるが、これは被害の気持ちを表現するものである。対応する奈良時代語は「見らゆ」となるはずだが、用例は見いだせない。

さて、「見えきや」の助動詞「き」に注目したい。その意味機能については異論なきにしもあらずだが、話し手の直接経験を表わすことは高校生にもわかることだろう。ならば、「見えきや」の問は、見られた対象にむけたものではなく、「見る」行為をした者に「対象が見えたか」と発せられたとする以外の解はないはずである。以上のことをふまえて先掲の解釈に戻って検証しよう。

Cの「妹に見えきや」の訳「織女星の目に見えただろうか」によると、見えた対象は牽牛だが、この問が向けられたのは逢会の当事者ではないようだ。しかし、それが誰かは明示されていない。B・Dは「いもと」とよむゆえに採れないことは既にのべたが、その末尾を推量表現で訳すのは、やはり第三者への問であることを含意している。そのあたりの事情について、Dに「宴の場にあっての自問の表現。その場にいる人をも暗に意識している。」とあるのは、「見え」た対象に問うことの難を回避したものだが、「き」の解釈はかえって混乱している。

これらの問題点に抵触しないのが、二星以外の詠み手を設定して「舟なる人に妹ら見えきや」とよむ渡瀬氏の解釈である。すなわち織女との間をとりもつ使者に対して牽牛が問うた歌で、下二句は「舟の上の人

（月人壮子）に、わが妹《いも》たちは見えたでしょうね」と訳されている。「見えたでしょうね」は訳語のあやだろうが、助動詞「き」への言及がないところを見ると、氏の視野に入っていなかったのだろうか。品田悦一（1991）は「き」の機能に配慮した貴重な論だが、渡瀬氏に同ぜず「妹等」をイモトとよみ、逢会の現場にたちあった人への問いかけとしている。なお、先掲のように「妹ら見えきや」の訓を示したA『全註釋』は、「題詠作為の歌」と見てではあるが、「船を競つて船こぐ人に、妹は見えたか」の釈を掲げている。ただし船こぐ人は牽牛としている。

以上、渡瀬氏が言及していない「き」について一言し、氏の説を補強する意味で記した。

二　あが恋を妻は知れるを

近代の萬葉集研究史において、この歌群の個々の歌に訓詁の努力が注がれたことは勿論だが、研究者の主たる関心は歌群の構造にあった。三十八首もの歌が無秩序であるはずがない、と考えたからである。だが、そうした構造論・排列論に冷淡な論者もある。舶来の伝説の舞台はまだ固定したイメージに覆われていなかった、人麻呂たちは自らの想像力を傾けて様々に思いめぐらして歌にしたてた、この歌群の天上世界は基本的には一首ごとにそのつど仮構されたものだ、というのである。確かにそのような場面も考えられる。

一方、この歌群に続く出典未詳の七夕歌群六十首（二〇三四〜九三）は、人麻呂歌集のそれより新しいと言われ、数個の小歌群から成り、その排列も無秩序ではない。しかも人麻呂歌集歌のように意味不明な歌はほとんどない。だが、その中に次のような歌がある。

機ものの蹋木《ふみぎ》持ち行きて天の川打橋渡す君が来むため（二〇六二）

天の川なづさひ渡り君が手も未だ巻かねば夜の更けぬらく（二〇七一）

天の川棚橋渡せ織女《たなばた》のい渡らさむに棚橋渡せ（二〇八一）

これらは船来の七夕伝説や後世の七夕の光景から逸れた歌である。周知のように、古今集巻第四の七夕歌十一首は、秋風の吹きはじめた日から八日の別れまで時間の経過にそっている、いわば秩序だった排列の歌群である。が、その中にも「もみぢを橋に渡せばや」とか、「浅瀬白波たどりつつ」とか詠んだ歌も見える。空想を楽しんでいるのである。かりに人麻呂歌集七夕歌が無秩序であったとしても、それはこの歌群に限ったことではないことになる。

次にとりあげるのは第三首、現行の訓に大きな差はない。

吾恋嬬者知遠往船乃過而応来哉事毛告火（一九九八）

あが恋を妻は知れるを行く舟の過ぎて来べしや言も告げなむ

渡瀬（1992）によると、月人壮子の報告「ひさかたの天の川原に…」（一九九七）に対して、牽牛が「私の恋を妻（織女星）は知っている（から便りの往来を願っているはずだ）のに、空を行く（月の）船が素通りして来るって法はないでしょう。（せめて）言葉でも伝えてほしい。」と歌ったものである。

これを予断による解釈だと拒否する説がある。[注2] それは、七夕歌の構造論・排列論に否定的なたちばからの見解でもある。こと学問に限るまでもなく、多くのばあい予断は避けるべきである。総論としてそれは正しく、なにびともこれを退けることはできまい。しかし、一つの文字、一つの言葉、一つの歌などに複数の解釈が可能なとき、およそ予断なくして正答を選ぶことができるものだろうか。複数の解釈の中間点を正答とすることは何も答えないに等しい。むしろ幾つかの予断によって選ばれた答を比べて優劣を決するのが、真に学問的な態度ではあるまいか。

現行の一般的な解釈は、「私の恋を夫は知っているのに、通り過ぎて行くということがありましょうか。言葉だけでも伝えてください。」である。一年間待ちこがれた逢会の夜、牽牛は織女の前を通り過ぎたというのである。かりに固定したイメージに覆われていなかったにしても、それはないだろう。始まったばかりの七夕歌群の第三首にそうした歌のあることも突飛すぎる。

渡瀬氏が牽牛から月人壮子への歌とする解釈を、予断ゆえに不適だとして退ける根拠は二つある。第一、「行く舟の」は「来べしや」の主格とされるが、古代日本語では単文の主格に助詞「の／が」は立たないので、これは破格になり、この訓では「行く舟の」を冠辞[注3]とみなくてはならないことである。その指摘は正当である。が、はたして月人壮子が乗って「行く舟の」を「過ぎて来べし」の主格句とみる可能性はないのだろうか。

助詞「の」をもつ主格句を終止形でうける例は皆無というわけではない。額田王が近江に下る時に作った長歌の末尾「心なく雲の隠さふべしや」（一七）はよくしられている。この破格については、その周辺も視野にいれた佐伯梅友（1928）などがある。

百鳥の来居て鳴く声　春されば聞きの悲しも（四〇八九）

宮人の大よすがらにいさとほし斎酒《ゆき》のよろしも大よすがらに（古語拾遺）

佐伯氏は右の例などを挙げて、「例外の多い言語現象のことであるから、こゝにも例外はあるけれども、その数は極めて少ない」とこれを許容している。

また、山口佳紀（1973）は、形容詞が「こそ」を受けて結ぶとき、〈連体形〉あるいは〈終止形＋も〉になる形式に言及している。

うべしこそ見る人ごとに　語り継ぎ偲ひけらしき（一〇六五）

栲衾《たくぶすま》白山風の寝なへども児ろが襲着《おそき》の有ろこそえしも（三五〇九）

これは連体形終止が感動表現の一種であったからだろうとして次の等式を導いた。

〈形容詞連体形〉＝〈形容詞終止形＋も〉

当該歌の「来べしや」は、右の等式の「も」を「や」にかえた形である。萬葉歌に十一例の「べしや」自体が強い感情表現ゆえ、破格の表現類型で実現した可能性は否定できないように思う。

渡瀬氏は、冠辞とみる拾穂抄以来の通説を拒み、述語「過ぎて来べし」の主格だとした。この句は、萬葉集にはほかに冠辞ならぬ一例「いさなとり海をかしこみ　行く舟の梶引き折りて」（二二〇）を見るだけだが、相似た句形の冠辞「行く川の」「行く鳥の」「行く影の」があり、序詞に含まれる「行く雲の」もある。

これらは冠辞と見ることが最も無難と感じられる。基礎語が多義であることは世界の諸言語に通有の性質である。古代日本語の「行く」もその例にもれず、概念的な表現、習慣的な事態にも用いられた。その例をあげておおよその語義を括弧書きしてみる。

三笠山野辺ゆ行く（通ッテイル）道（二三四）

はたこらが夜昼といはず行く（往来スル）道を（一九三）

み空行く（チ広ガッテユク）名の惜しけくも（二八七九）

百日しも行かぬ（要シナイ）松浦路《まつらぢ》（八七〇）

年月の行くらむ（経過スル）わきも思ほえぬかも（二五三六）

右にあげた冠辞もこの多義性によって機能しえたに違いない。すなわち、眼前にいる月人壮子の乗物に因んで、「往来する船のように」の譬喩で冠辞として用いられたと考えて不都合はないのである。

結局、双方の解が成り立ちうると考えるのだが、牽牛の依頼で織女の様子を見に出向いた月人壮子の行動に対する牽牛の言葉としては、冠辞説の優位は動かないであろう。

予断による解釈として反対する根拠の第二は、結句の希求の助詞「なむ」の機能に絡む。『時代別国語大辞典　上代編』によると、「なむ／なも」は通常「三人称的なものにおいて成立する状態の実現希望」を表わすはずなのに、これが月人壮子への二人称的な希望と解されている点だという。右の引用は、その辞典に他者の行動の実現希望を二分してのべた箇所だが、そこでも少しずつの例外を認めている。これには他の配慮も必要ではなかろうか。実例を見よう。

海つ路の凪ぎなむ時も渡らなむかく立つ波に船出すべしや（一七八一　高橋朝臣虫麻呂が大伴卿との別れに詠んだ歌）

これは、長歌の末尾「海上《うなかみ》のその津をさして君が漕ぎ行かば」をうけた反歌で、二人称的な他者への希望の確かな例である。

我妹子は釧《くしろ》にあらなむ左手のわが奥の手に巻きて去なましを（一七六六　振田向宿祢が筑紫の国にまかるときの詠）

間遠くの野にも会はなむ心なく里のみ中に会へるせなかも（三四六三　東歌の相聞）

右の二例も同様に解しうる。次は非情物を対象とする歌である。

足代《あて》過ぎて糸鹿の山の桜花散らずあらなむ帰り来るまで（一二一二）

かくて例外率はかなり高いのである。

さて、奈良時代の終助詞「なむ／なも」には看過しえない特徴がある。それについては木下正俊（1974）が詳しい。その要点は、奈良時代の希求の終助詞「こそ」が未実現のことを願望する未来指向性を有するのに対して、「なむ」には「反実仮想性」が認められるというものである。右の四つのうち、第四例は未来指向的だが、第一例では海にはすでに高波がたっており、第二例の我妹子は現実には釧ではなく、第三例のせなとは里中で会ったのちの思いである。左にあげる用例もある。

こと離《さ》けば国に離けなむ　こと離けば家に離けなむ（三三四六）

これは、旅先で妻と死別した男が神への恨みを詠んだ挽歌である。これらの「なむ」を「～してほしい」と訳しては正確とはいえず、むしろ「～してほしかった」と訳すべきなのである。

これを当該歌にあてはめると事態は明白である。報告を求める牽牛の第一首、月人壮子が答える第二首（次節）、それに対して牽牛はこの歌で、月人壮子が織女の見える地点まで行きながら、牽牛の思いを伝えなかったことへの不満を詠んだのである。

以上の二点、語法的にふつごうはない。この第三首は、使者の役を完うしなかった月人壮子に対する、牽牛の愚痴あるいは詰問と解していいのである。こう解してはじめて、第四首

朱羅引色妙子数見者人妻故吾可恋奴（一九九九）

あからひくしきたへの児をしば見れば人妻ゆゑに我《あれ》恋ひぬべし

の難解さが解消するというものである。この歌についてはは日本語学徒としてはいうべきことは多くない。渡瀬（1999）から歌意をひいて言及に換える。詠者は月人壮子。（私が二星の使者となって）ほんのりと頬の赤い美しい織女をたびたび見ることになると、織女は人妻なのにその人妻に私は恋いこがれてしまいそうだ。（だから私は使者にはなりたくないのだ。）

三　ぬえ鳥のうら泣きをりつ

最後に第二首。

久方之天漢原丹奴延鳥之裏歎座都乏諸手丹（一九九七）

ひさかたの天の川原にぬえ鳥のうら泣けましつともしきまでに

結句「乏」の訓を除くと、古来あまり議論がなされなかった。「乏」の訓は、澤瀉『注釋』の「すべなき」に対して、近年は古写本の「ともしき」に復すべきだといわれる。わたしもそれにつきたい。第三四句がおよそ「ぬえ鳥のように嘆いていた」の意なので、報告する第三者が想定されることになった。その上で、「天上の恋に対する地上の人の同情を表す内容」と説明しても、天上の牽牛と地上の人間との交流のにわかないかぎり、意味不明な歌という印象は拭えない。第三者に月人壮子を想定することでその悩みは解決したが、この歌の解釈はまだ完全ではない、とわたしは考える。問題は第四句にある。

「裏歎座都」の旧訓は「うらなけきしつ／うらなきましつ／うらなけましつ」、近代の訓はほぼ「うらなきましつ／うらなけましつ」である。「歎」を「なけ」とよむ古典大系本の補注を敷衍すると、「歎」を普通の訓「なげく」とよむと字余りになること、越中守大伴家持の歌に、奈良の妻が「ぬえ鳥の宇良奈気しつつ」（三九七八）とあること、『説文』に「歎」は「吟也」とあること、「呼ぶ子鳥吟八汝来《なきやながくる》」（一九四一）の例もあることを根拠にして、「我を音《あね》しなくる」（三四七一）などの下二段の「泣く」を使役的とする説を採らず、自動詞「泣く」に対する自然可能「泣け」である、とした。それに対して澤瀉『注釋』は、動詞の四段―下二段が対応する「浮き―浮け」などは自動詞と使役動詞だ、として「泣き」とよんだ。

右の二例（三九七八・一九四二）以外に参照すべき用例を見る。当歌群の第三十六首、萬葉集第二期と考えられる軍王作歌、そして山上憶良の仮名書き例、ともに冠辞「ぬえ鳥の」を有する。

　よしゑやし直《ただ》ならずともぬえ鳥の浦嘆居告げむ子もがも（二〇三一）
　群肝《むらきも》の心を痛み　ぬえ鳥の卜歎居者（五　軍王）
　飯炊く事も忘れて　ぬえ鳥の能《の》杼《ど》与《よ》比《ひ》居《をる》尔《に》（八九二　貧窮問答歌）

「のどよふ」の意味は、『金剛般若経集験記』の「細々声」に付せられた平安初期の訓「乃ト与フ己恵」によって把握でき、「うらなく」がそれに類する悲しみの動作であることがわかる。

近代の注には、自然可能すなわち自発態説にたつ「うらなけ」の訓をとるものが多い。しかし、自発態は、話し手にしぜんに生じた動作や状態を表現する動詞の形態なので、他者のそれを表現することはできない。牽牛の依頼で赴いた使者の報告のことばに、織女の行為を「うらなけ」とは言えないのである。しかも、萬葉集には「泣く」の自発態「泣かゆ」があり、類型化した「音のみし泣かゆ」十六例もある。自発態に二つの形態は存しえないだろう。下二段活用「泣く」五例（四四三七ほか）は使役と解釈すべきである。

私見にとって唯一の難点は、右に引いた家持作歌の「うらなけしつつ」である。が、これに続けて「我《あ》を待つと寝《な》すらむ妹を」とあって、作者が想像した妻の姿である。月人壮子の実見の報告とはわけが違うことに配慮すべきであろう。あるいは、この「うらなけ」は、家持が先行歌の表現を独自に解釈して獲得した特異語[注4]とすべきものかもしれない。自発態「うらなけ」とよむ現行諸注も、せいぜい「ひそかに嘆いて」と訳するだけで、自発の意味は訳しえておらず、自発態説の無理が露わである。

次に、諸注の「ましつ」の口語訳は、おおむね「〜していらっしゃった」で大差ない。したがって議論すべきことはないように見える。だが、わたしには疑問が残る、はたして使者がここで織女を尊敬語「まし」で待遇するだろうかと。この歌群で両星に敬語を用いたのは、ほかに「彦星嘆須孋」[注5]（二〇〇六）があるだけ、しかも敬度の低い「す」によってである。渡瀬氏によると、そして私見でも、詠者はこの歌と同じく月人壮子である。

萬葉集で「ます」の意字表記は大半が「座」なので、この歌も「なきましつ」の訓は適当だと思われそうだし、口語訳もしぜんな日本語と見える。だが、萬葉集で四段活用の補助動詞「ます」の百数十例を検すると、意外な事実が判明する。三例だけ掲げる。

節の間も惜しき命を　露霜の過麻之《すぎまし》にけれ（四二一一）

あが恋ひし君来益《きます》なり紐解き設けな（一五一八）

大君の敷座《しきます》ときは都となりぬ（九二九）

尊敬の補助動詞「ます」の殆どが右のように用いられており、人麻呂作歌でも実態はかわらない。すなわち、動詞に承接して尊敬の意をそえることがその機能であって、存続の意をもそえるものはまずないのである。

私見では、萬葉集の第一期、伊勢に流された麻續王を哀傷する歌が唯一の例外である。

打麻《うちそ》を麻續王《をみのおほきみ》 海人なれや伊良虞の島の玉藻苅《かり》麻須《ます》（二三）

右の「ます」は動詞「刈る」に承接し、一般に「刈っていらっしゃる」と口語訳される。尊敬・存続の補助動詞と解釈されるのである。この現象について詳述する余裕はないが、尊敬・存続の「います」の例は萬葉集にも多いことから、萬葉歌の時代、尊敬の補助動詞「ます」と「います」[注6]は、存続の意を含むか否かで住み分けがなされていたと考えられる。現代語と対比させると、次のようになる。

	文法的意味	萬葉語	現代語
～ます	尊敬	嘆きます	お嘆きになる
～います	尊敬・存続	嘆きいます	嘆いていらっしゃる

この歌に戻って、牽牛の使者月人壮子の報告と考えると、「うらなきましつ」は「織女さまはお泣きになりました」と解されて、いかにもおかしい。物陰から泣きだすのを窺っていたような歌だ。しからばいかに解すべきか。

萬葉集全体で見ると、動詞「をり」の意字表記は無論「居」が八十例ほどで圧倒的に多いが、全期を通じて「座」も十例ほど見える。人麻呂歌集の常体表記の歌には「漢女《あやめ》乎《を》座而《すゑて》」（一二七三）もある。この歌群では「居」が三例あるので、これを「をり」とよむとすると、何ゆえに「座」を用いたのか説明しがたいが、常体表記の歌で一語を多様に表記する例は少なくない。この歌群だけでも、所聞・所聴（きこゆ）、告与具・告与（つげこそ）、遠鞆・雖不直（〜とも）、秋・金（あき）、白風・金風（あきかぜ）、応来・可乞（〜べし）などがある。「をり」を「座」で書くことはありえたのである。

この訓の強みはほかにもある。完了の助動詞「つ」と「ぬ」の意味に関わることである。奈良時代の動詞「なく（泣・鳴）」には双方とも承接し、その数もほぼ拮抗しており、動詞の語義的な意味では処理しがたい。だが、「動作の完了」を表わす「つ」と、「状態の発生」を表わす「ぬ」という、アスペクチュアルな意味の違いから説明した中西宇一（1957）によると、素直に解釈することができる。実例を次に掲げる。

ほととぎす今朝の朝明《あさけ》に鳴きつるは君聞きけむか朝眠《あさい》か寝けむ（一九四九）

鳴かざりし鳥も来鳴きぬ　咲かざりし花も咲けれど（一六）

この歌のばあい、両義的なアスペクト性をもちうる「泣く」が、状態性の動詞「をり」の下接によって存続的な意味を有した。それで「つ」の承接がしぜんな語句にかかわったのである。

織女は「うら泣きをりつ」、すなわち「忍び泣きしていました」。これが月人壮子の報告内容だったのである。[注7]

四　七夕のうたげの歌劇

さきにわたしは、歌を解釈するさいの予断について一言した。予断は、的確な判断の眼を曇らせるとして戒められる。反対に、原則は尊ぶべきこととされる。その境界は那辺に存するのか。

文科の学問は、実験によって証明することができない以上、所詮は「仮説の世界」である。その仮説の優劣は、それの届く射程の大小、それによって説明しうる事象の多寡によってきまる。そして予断は、幾何学の問題を解く一本の補助線に相当する。従来の人麻呂歌集七夕歌論には確たる原則がなかったので、個々の歌の解釈はそのばしのぎの感が免れなかった。そこに渡瀬氏によって引かれた一本の補助線によって、歌群の終り七首を除く三十一首の歌がおおむね独りだちしえたのである。これを予断というべきか、原則というべきか。

七夕説話は中国から渡来したものである。しからば中国の説話に基づいてこの歌群を読解すべきではないか。しかし、牽牛の渡河をはじめとして彼土の説話ではとけないので、日本的な変化を遂げたと判断して読んでいるのである。ここにはたらく判断は予断ではないのか。人麻呂歌集の七夕歌より後のものとされる出典未詳七夕歌群には、とけない歌がほとんどない。それは受容の時代の違いを反映するのだろう。渡瀬氏の説をうけいれない論者は、二つの歌群の「月人壮子」を同一のものとするが、それこそ頑迷というべきであろう。

この歌群の構造を考えた他者の論には、いかにも不自然なものが多い。例えば、冒頭歌を「舟なる人は妹に見えきや」とよみ、逢会の場に思いをはせた第三者の歌で、七夕歌の冒頭を飾るにふさわしいという説がある。「見ゆ」を逢う意に解したのだろうが、一年ぶりに許された夜にふたりが逢うのは当然のこと、逢えたかと尋ねるなど、やぼの極みだとわたしは思う。そもそも、「見えきや」と誰に尋ねたのだろう。牽牛以外の「舟人」は想定できないという考えこそ予断であって、かかる隘路に導かれているのではないか。「はじめに」の節ではわたしは、詠歌の背景が分らないゆえにこの歌群は難解なのだと書いた。冒頭三首に限らず、従来の方法によっては決して読解できない歌が多い。それでは人麻呂の時代の人たちはどうだったのか。彼らにはそれがわかったのだ、とわたしは思う。詠歌のにわに居合わせたからである。そのにわとは何であったろうか。

内田光彦（1972）は、渡瀬氏に先んじてこの歌群の第三者を月人だとし、七夕を主題とする一種の歌劇のにわを想定した。前半二十二首は歌劇を構成するもの、後半十六首は観劇後の宴の歌と見たのである。渡瀬氏が第三者を月人壮子とみる着想は、内田氏の論とは無関係にえられたものらしいが、現在は、渡瀬（1999）に「三十一首は、地の文（説明文）のない歌劇のように、二首の第一歌群で始まり」「短歌ばかりで展開する、牽牛と月人と織女とが歌う歌群で」「月人壮子」は「七夕をめぐる天上の物語、陰陽の調和を願って孤独な牽牛星を慰めようとする物語の、登場人物として人麻呂によって考案されたものではなかったか。」とある。

はたして人麻呂の創案になるか否か定かでないが、わたしも似たような光景を想定している。皇子女の宮、貴族の邸宅、宮廷などで催された七夕の宴会において、歌に表現されない細部を、人々は演者の動きで見ていたのだろう。これらの歌は演者とは別に誦詠されたのかもしれない。第四首に見たように、月人壮子は使者の役割をこえた性格を帯びている節があり、それがいくつかの歌を難解にしているようだ。そのような潤色もあったとすべきだろう。日本神話の背後に原始劇を想定したり、古代歌謡を演劇に発するとみるなどの説はよくしられていること、もうはや、わたしが分不相応な発言をすべきではあるまい。

おわりに

本稿は、この歌群冒頭の三首について具体的に考察しながら、渡瀬氏の考え方に基づいて読解すべきことをのべた。以下の歌もこれに準じて読解できるだろう。論述を要約して結びとする。

冒頭歌（一九九六）第四句は「舟なる人に」、結句は「妹等《いもら》見えきや」とよむ。「ら」は、複数の表示とも朧化法的表現とも解釈できる。助動詞「き」によって、使者に報告を求めている歌とわかる。

第二首（一九九七）下二句は「うら泣きをりつともしきまでに」とよむ。「歎」を「なけ」とよむのは自発態ゆえに不適である。「座」を「まし」とよむと敬語の異例になる。助動詞「つ」との関係からも「なきをりつ」がよい。

第三首（一九九八）第三句「行く舟の」は主格句としても冠辞としても解釈できるが、わたしは冠辞と解釈したい。結句の終助詞「なむ」は、ここでは反事実性の希求表現である。

[文献]

内田　光彦（1972）「人麻呂歌集七夕歌試論」（早稲田大学古代研究会『古代研究』二号）

大久保　正（1975）「人麻呂歌集七夕歌の位相」（『萬葉集研究』第四集）
神林由貴子（1999）「人麻呂歌集の七夕歌――歌群構成が示唆するもの――」（『成蹊國文』三十二号）
木下　正俊（1974）「終助詞「なむ」の反事実性」（『関西大学国文学会『国文学』五十号）
佐伯　梅友（1928）「萬葉集の助詞二種」（『國語國文の研究』廿二号）
品田　悦一（1991）「人麻呂作品における主体の獲得」（『國語と國文學』第六十八巻五号）
中西　宇一（1991）「発生と完了――「ぬ」と「つ」――」『國語國文』第廿六巻八号）
山口　佳紀（1973）「形容詞活用の成立」（『國語と國文學』第五十巻九号）
渡瀬　昌忠（1990）「人麻呂歌集の七夕歌――使者を求めて――」（美夫君志会編『松田好夫先生追悼記念万葉学論攷』）
渡瀬　昌忠（1991）「人麻呂歌集の七夕歌群――冒頭歌と末尾歌――」（『実践女子大学文学部紀要』第三十三集）
渡瀬　昌忠（1992）「人麻呂歌集の七夕歌群（二）――牽牛星と月人壮子との対話六首――」（同右　第三十四集）
渡瀬　昌忠（1999）「人麻呂歌集の七夕歌群の構造――その第三十一首まで――」（『萬葉』百六十九号）

注1　英字に代えた諸注のAは武田祐吉『萬葉集全註釋』、Bは澤瀉久孝『萬葉集注釋』、Cは日本古典文学全集、Dは伊藤博『萬葉集釋注』である。
2　品田悦一「人麻呂歌集の七夕歌」（『セミナー万葉の歌人と作品』第二巻）
3　いわゆる「枕詞」のこと。今春、『成城國文學論集』第廿七輯に「〈被枕詞〉考」を発表して「被枕詞」の称を否定し、ついでに「枕詞」は不適切で「冠辞」が適切だと書いたばかりなので、ここではその称を用いる。
4　澤瀉『注釋』はそうした見方で「許牟可比太知弖」（四一二二七）ほか一例を挙げる。渡瀬昌忠は「麻追我敝里之比尓弖安礼可母」（四〇一四）が「松反四臂而有八羽」（一七八三）の誤読による蓋然性を主張する（『柿本人麻呂研究　歌集編上』）。

5　因みに、この初句を「彦星は」とよむ諸注では歌意が通らない。ここは「彦星の」とよんで、「孋」にかかるとすべきだろう。そう解くのは、管見では渡瀬（1999）だけ。傍白の表現である。なお、神林由貴子（1999）は「彦星に」とよんでいる。

6　多くの辞書は、「ます」に接頭語「い」が付いて「います」が派生したとする。しかし、形式化の進んだ「ます」が萬葉歌に多くみえるので不審。「ます」は「います」の「い」脱とする『岩波古語辞典』の解釈が適当である。西宮一民「上代敬語と現代敬語」（『講座日本語学』9　敬語史）にも通説の非なることを指摘し、「紀記歌謡ではイマスが優勢、万葉集ではイマス・マスは対等」などとあるのも肯える。

7　伊藤博『萬葉集の表現と方法　上』第三章の追記に、冒頭歌を「泊てし舟人妹ら見えきや」とよむ大久保正（1975）によるなら、第二首の第四句は「裏《うら》嘆《なけ》座《をり》都《つ》」とよんではどうかとする。「座《をり》」の訓は私見と一致する。

郵便はがき

料金受取人払郵便

神田局承認

3731

差出有効期間
平成21年6月
30日まで

101-8791

504

東京都千代田区猿楽町2-2-5

笠間書院 行

■ 注 文 書 ■

◎お近くに書店がない場合はこのハガキをご利用下さい。送料380円にてお送りいたします。

書名　　　　　　　　　　　　　　冊数

書名　　　　　　　　　　　　　　冊数

書名　　　　　　　　　　　　　　冊数

お名前

ご住所　〒

お電話

ご愛読ありがとうございます

これからのより良い本作りのために役立たせていただきたいと思います。
ご感想・ご希望などお聞かせ下さい。

この本の書名 ＿＿＿＿＿＿＿＿＿＿＿＿＿＿＿＿

本読者はがきでいただいたご感想は、お名前をのぞき新聞広告や帯などで
ご紹介させていただくことがあります。何卒ご了承ください。

■本書を何でお知りになりましたか（複数回答可）

1. 書店で見て　2. 広告を見て（媒体名　　　　　　　　　　）
3. 雑誌で見て（媒体名　　　　　　　　　　）
4. インターネットで見て（サイト名　　　　　　　　）
5. 小社目録等で見て　6. 知人から聞いて　7. その他（　　　　　　　　　）

■小社PR誌『リポート笠間』（年1回刊・無料）をお送りしますか。

はい　・　いいえ

◎はいとお答えいただいた方のみご記入下さい。

お名前

ご住所　〒

お電話

ご提供いただいた情報は、個人情報を含まない統計的な資料を作成するためにのみ利用させていただきます。また『リポート笠間』ご希望の場合は、個人情報はその目的（その他の新刊案内も含む）以外では利用いたしません。

格助詞の射程
——のち見むと君が結べる——

はじめに

萬葉集巻第二の挽歌の冒頭、「有間皇子自傷歌群」などと称せられる六首のなかに、静かな論争の続いている歌がある。題詞・歌の訓は多くは私見により、議論に深くかかわる箇所の原文に傍線を施して掲げ、この歌群の歌にはローマ数字を、そのほかの事項には適宜アラビア数字やアルファベットをつけて記述を簡略ならしめる。歌の下の括弧内には『國歌大観』の歌番号を、人名・書名等の下にはじかにキリスト暦による刊行年を示す。

有間皇子、自ら傷みて松が枝を結ぶ歌二首

Ⅰ　磐代の浜松が枝を引き結び真幸くあらば亦還見武（一四一）

Ⅱ　家にあれば笥《け》に盛る飯を草枕旅にしあれば椎の葉に盛る（一四二）

長忌寸意吉麻呂、結び松を見て哀咽する歌二首

Ⅲ　磐代の崖《きし》の浜松結びけむ人はかへりて復将見鴨（一四三）

Ⅳ　磐代の野中に立てる結び松心も解けずいにしへ思ほゆ（一四四）未詳

山上臣憶良の追和せし歌一首

Ⅴ　鳥翔成有り通ひつつ見らめども人こそ知らね松は知るらむ（一四五）

右の件の歌どもは、柩を挽く時に作る所にあらずといへど、歌の意《こころ》を準擬す。故以《ゆゑ》に挽歌の類に載す。

大宝元年辛丑年、紀伊の国に幸せし時、結び松を見て作りし歌一首

柿本朝臣人麻呂歌集中出也

Ⅵ　のち見むと君が結べる磐代の子松がうれを又将見香聞（一四六）

まず、この歌群の仮構性という大問題があるが、そのほかの三つの問題を指摘する。第一はⅤの「鳥翔成」の訓についてである。わたしは「つばさなす」がよいと考えるが、ここでは取りあげない。第二は、古写本が一様にもつ、Ⅳの題詞下の注記の位置づけ。第三は、Ⅵの結句「又将見香聞」の訓である。第二と第三は無関係ではないが、本稿では切りはなし、ここでは第三の問題を論ずる。議論の経過を詳細にたどり、これまで論ぜられなかった構文論の視点から見ることで解決への緒を示したい。

一　論点を整理する

『校本萬葉集』によると、Ⅰ「亦還見武」の訓は「またかへりみむ」で古写本に異訓はない。Ⅲ「復将見鴨」の訓は「またみけむかも」がほとんどだが、元暦本は「た」の右下に赭で「モ」とあって、「またもみけむかも」の訓もあったことを伝え、紀州本だけが「マタモミムカモ」と訓じて、漢字本文の左に「マタミケムカモィ」と記している。

さて、Ⅵの「又将見香聞」について、やはり『校本萬葉集』によって諸本と抄出歌の訓の異同を検し、傍書などの異訓・別訓は省略する。それに歌学書『俊頼髄脳』『古来風躰抄』の訓も参照する。

マタミケムカモ　西・宮・細・矢・温・京・寛・無・附、袖中抄・名寄、俊頼髄脳
マタモミムカモ　元・類・古・神、童蒙抄・六帖、古来風躰抄
マタミツルカモ　金・廣、夫木

江戸時代には寛永版本が広く流布し、「マタミケムカモ」の訓が行われて特に異説もなかったようだが、近代はいささか状況がかわる。元暦本などの「マタモミムカモ」に返したのは、鶴久・森山隆氏の櫻楓社版『萬葉集』(1972) が早く、日本古典全書『新訂萬葉集　一』(1974) が続き、伊藤博氏の角川文庫本『萬葉集』(1985) に至る。この訓は、渡瀬昌忠 (1971) に基づくようだが、いずれもその根拠を詳しく記述することはしなかった。

Ⅳの題詞下の注記は、この歌が巻第二の追補者によって補われると同時にその出所を示したものだとする

渡瀬氏は、用語・表記・表現・内容の吟味によって、Ⅵの挽歌が人麻呂集の非略体歌としてふさわしいことを明らかにしうるという。その詳細な論文の要諦は左記の箇所だとわたしは考える。長くなるがそれをひく。

ここに一つの疑問がある。それは、意吉麻呂の歌の場合はその主語が「人は」と明示されているのに対して、この歌では「また見けむかも」の主語が明確でないことである。「君が」は「結べる」のみの主語であって、「また見けむかも」には語法上かかっていかない。「のち見むと君が結べる」とあるから「また見けむかも」の主語も「君」であろうと想像することはできる。特に直前の意吉麻呂の歌に支えられて、そう想像することは容易であるが、独立した歌としてはどうもすっきりしない。「また見けむかも」が過去推量による叙事的表現であるだけに、主語の明確でないことは、その叙事性にとって大きな欠陥だと言わねばならぬ。　　　　（引用者附せる傍線部はAとして後述）

かかるばあい、萬葉集では必ず主語が明示されるとし、当面のⅢを初め、「見けむ」を有する歌八首を全てあげた。その内の三首をひく（釈文の表記は変更することがある）。

1　石見なる高角山の木の間ゆも吾が振る袖を妹見監《みけむ》かも（一三四）

2　念ひにし余りにしかばにほ鳥のなづさひ来しを人見《みケム》かも（二四九二）

3　月しあれば明くらむ別《わき》も知らずして寝て吾が来しを人見兼《みけむ》かも（二六六五）

渡瀬氏は、自身の主張するⅥの訓「またも見むかも」と同じ句を含む萬葉歌もあげた。

4　水伝《みな》ふ磯の浦廻《うらみ》の石上《いは》つつじもく咲く道を（われ）又将見鴨《またもみむかも》（一八五）

5　石綱《いはつな》のまた変若《を》ちかへりあをによし奈良の都を（われ）又将見鴨《またもみむかも》（一〇四六）

「またも見むかも」と訓ずるのはこの二首がすべてなのだが、その結句の主体は、省かれている作者自身ないしは抒情主体「われ」であると主張する。

次に、「またも見む」の訓について次の三首をあげ、作者「われ」を主体とする語句「またも見む」の存在は、これで証しうるとした。

6　吾が命しま幸くあらば（われ）亦毛《またも》将見《みむ》志賀の大津によする白浪（二八八）

7　石走りたぎち流るる泊瀬川絶ゆることなく（われ）亦毛《またも》来て将見《みむ》（九九一）

8　磯の間ゆたぎつ山河たえずあらば（われ）麻多母《またも》あひ見牟《みむ》秋片まけて（三六一九）

ほかに多岐にわたる論述があるが、本稿にとっては以上で十分である。

対立する結句の二つの訓のうち、「またみけむかも」の訓が圧倒的に多く行われ、渡瀬氏の主張する「またも見むかも」を採るテキストや注釈書はごくわずかである。訓の根拠を明示したのは、管見では、伊藤博氏、その伊藤氏も校注した新潮日本古典集成本（1976）に限られるようだ。その集成本の頭注には、「亡き皇子になり代ったかのように、その形見の松を見る心の痛みを述べた表現。」とある。伊藤（1990）には次のようにある。

「のちに見ようと我が君が痛ましくも結んでおかれた松、その松の梢を、再び見ることがあるだろうか」

の意。結句の「かも」は疑問的詠嘆と見られ、再びこの松を見たいが、はかない人の身とて、皇子同様見られないかもしれないことを嘆く歌である。

伊藤（1995）には、マタミケムカモ（旧訓）の採りがたいことを次のようにかいた。

これだと、「皇子はまたこの松を見たことであろうか」という浅い意味になってしまい、「君が結べる小松がうれよ、この小松のうれを」という盛り上がる文脈に打ち合わない。自己の疑問的詠嘆を表わすマタモミムカモの訓（元暦本他）を採用することで、一首は人麻呂集歌らしい風貌に近づくように思われる。

伊藤門下の渡辺護（1977）も「またも見むかも」説にたった。そして、従来この一首は自傷歌群の鑑賞に際して挟雑物と見られ、時には『萬葉考』のように意図的に省かれることがあったことをのべ、巻第二挽歌の原撰部が有間皇子自傷歌群に始まり、人麻呂自傷歌群におわるという、伊藤氏の萬葉集構造論の視点から、重要な歌であると主張した。

二　主観的批評の限界

前節の主張と対立する代表的な論者は、稲岡耕二、森淳司、橋本達雄の三氏である。

稲岡氏は、人麻呂の表記の展開をたどる多くの論文を書いた。その過程でこの歌に触れ、稲岡（1969）では、本稿の初めに示した第二の問題を中心に論じてⅥの結句に及んだ。「将見」をミケムと訓ずるのは人麻呂歌集および作歌には例を見ない「将」字の用法で、大宝元年の他の歌とともに巻第九にのせられていたのを、「右柿本朝臣人麻呂歌集出」の「右」の範囲の誤解等によって、歌集所出歌と誤ったものだろうとした。その論文では、「将」を「む」と訓ずることには踏みこまなかったが、稲岡（1985）では、「後見むと」と発想された歌の結びが「（われ）またも見むかも」となるわけで、結句に「われ」がかなり強引に持ち込まれる感じを否定しえず、ちぐはぐな印象をぬぐえないのではなかろうか。作品としての価値が低いものであるという評があるのは止むをえないであろう。江戸時代以降の訓のように、マタミケムカモと訓むのが正しいと思われる。

と渡瀬氏の解釈を積極的に退けた。稲岡（1997）でも、マタモミムカモと訓読したのでは、上の句の「後見むと」と下の句の「またも見むかも」の「主語が入れかわり、歌としての統一を欠く」とした。

森淳司（1973）は、当該歌が人麻呂歌集から採られたとする注記を疑う持論にたち、「けむ」を「将」で書くことへの疑義は稲岡氏と同じである。さらに、「子松」「宇礼」「香聞」の表記を人麻呂の表記傾向から否定し、これらの丁寧な表記に比べて、渡瀬氏の訓「またも見むかも」では表記されない「も」を読みそえることに疑念を呈する。そして、その訓を含むとして前節であげた4と5の歌において、慨嘆する対象は、「作者がいままで親しく接しつづけてきた」「石上つづじもくさく道」「奈良の都」であって、

それが皇子の死や遷都という沈痛悲惨な事件を契機として、作者にとって見るにしのびない、見ることが愛惜悲傷の情をかきたてるものとなってしまった「道」や「都」なのである。いわば、皇子のありし

日、その道はこの舎人にとって快よい道であったし、後の歌の作者にとって花の如き奈良の都は、彼の生を満喫させた場所であった。それが予想さえしなかった悲惨事によって失われたその感懐を詠じたものであろう。

とのべて、「(きみが)後見むと結べる磐代の子松がうれを(われ)又もみむかも」のような「またも見むかも」は、萬葉集に見ることができないとした。

橋本達雄(1975)は、人麻呂関係歌を、その表記様式から、いわゆる略体歌・非略体歌・作歌にわける問題の中で論ぜられたものである。橋本氏は稲岡氏・森氏の中間的な位置に立っているといえよう。すなわち、結句の訓については、意吉麻呂作品にも「将」をケムと訓ずることがあり、意吉麻呂と人麻呂の同時代性、Ⅵの歌意が意吉麻呂のⅢと直接に響きあうこと、用字例が絶対視できないことなどの点から、通訓のマタミケムカモを否定するに及ばず、としたのである。

橋本(1999)でも基本的なたちばはかわっていない。渡瀬氏の説をいちおうは認めながらも、稲岡(1997)の「主語が入れ代わり、歌としての統一性を欠く」、伊藤(1995)の「一首を人麻呂歌集と見ることには、たしかに慎重でなければならない」をひいて、首尾一貫しないのが気になるとしたうえで、「この歌は人麻呂歌集所出歌であることを認め、結句はマタミケムカモに落ちつけておく《(ママ)》ことにしたい。」と結んだ。

以上、二節にわたって見てきた、渡瀬氏の訓の受容と拒否の根拠をふりかえると、伊藤氏の「浅い意味」「盛り上がる文脈」「人麻呂集歌らしい風貌」、稲岡氏の「かなり強引に持ち込まれる感じ」「ちぐはぐな印象」「作品としての価値が低い」「統一を欠く」、森氏の「花の如き奈良の都」「彼の生を満喫させた場所」、橋本氏の「歌としての統一性を欠く」など主観的な言辞が多く、いずれも説得力が十分だとはいえない。したがって相互に反論することができるので、確実に説得しうる客観的な根拠がほしいところである。本稿でその根拠を考えようと思う。

三　渡瀬新稿の検討

渡瀬（2003）の第四節「巻二の人麻呂歌集歌再論」は、前稿（1971）を補強するための新稿である。そこには、自説が理解されないもどかしさ・無念さ・嘆きが匂ってくるような、多岐にわたる詳細・執拗な記述が四十二ページに及ぶ。

初めに、この自傷歌群六首のうち、特に意吉麻呂のⅢ・Ⅳと人麻呂歌集のⅥとの関係を論じた。Ⅲが過去の叙事を主とし、Ⅳが現在の抒情を主とする歌であって、「また見けむかも」を有する歌が萬葉集ではⅢ以外にないという。Ⅵについては左記のようにある。

> 結句を「また見けむかも」と訓むと、一首には、初句から第四句まで「のち見むと君が結べる磐代の子松がうれを」のすべてが「見けむ」の対象を示すのみとなり、結句「見けむ」の動作主が明示されなくなる。「君が」は「結べる」の主語でしかなく、「また見けむかも」の前に「君は」を補って読まなければならなくなる。
>
> （引用者附せる傍線部はBとして後述）

これに先だって、伝説的人物の行動を叙事しつつ「けむ」で結ぶ歌七首を分析した結果、遺物・遺跡を見る《過去の叙事型》の類型歌において、「けむ」で収められる句の動作主や主題の明示されない例はないと主張する。そして、もしⅥが遺物を見る過去の叙事型の歌なら、Ⅲに準じて次のように詠ずるはずだとして、三首の歌を仮定する。

磐代の子松がうれを後見むと結ひけむ君はまた見けむかも

あるいは、伝説的人物の行動を叙して「けむ」で結ぶ「妹らがり今木の嶺に茂り立つ夫松の木は古人見けむ」(一七九五)に準じて、

のち見むと君が結べる磐代の子松がうれはまた見けむかも

と主題を提示すべきであるし、主語が「古人」であるとする説に立つなら、

のち見むと君が結べる磐代の子松がうれは君見けむかも

と、繁瑣な表現が必要になるとする。鮮やかな反論である。ただ、Ⅰ・Ⅲに「むすぶ」とあった皇子の動作を、第一首で「ゆふ」にかえたのは、「結びけむ」では字余りになるという配慮なのだろうが、ここは「結びけむ君は」の字余りのままで議論すべきであった。つづけて、意吉麻呂の歌Ⅲは、過去の人物ゆかりの遺物や遺跡を見て、歌い手(われ)が心情を表現する《現在の抒情型》であるとした。十四首あるこの類型の歌の表現を分析すると、すべて次の構造をなす。

《連体修飾句〉遺物・遺跡チ見て思う(結び)》

この構造式の三種の傍線に①②③の番号を付して、①→②→③の順序には倒置もないという。連体修飾句は、いずれも今そこにある遺物の由来に関わるものである。

つぎに、巻第二の草壁皇子の殯宮挽歌廿三首（一七一〜一九三）の後半、島の宮での四首歌群の第二首（4再掲）を論じた。

4　水伝ふ磯の浦廻の石上つつじもく咲く道をまたも見むかも

この前後の歌によって、殯宮期間が後半に入り、居所であった島の宮に皇子が生きて還ることは決してない、という認識があって詠まれた歌であると断じた。そして原文の表記までさかのぼって詳細に分析し、原文「又将見鴨」とある結句は、武田祐吉『萬葉集註釋』によって古訓に復したマタモミムカモが通訓であるとする。これと同じ表記の結句をもつ一首があるとしたのが5（再掲）である。

5　石綱《いはつな》のまた変若《を》ちかへりあをによし奈良の都を又将見鴨

Ⅵと4・5は、《遺物・遺跡を（われ）またも見むかも》という抒情・表現の構造を等しくするという。

渡瀬氏の説を拒む稲岡、森、橋本の三氏に共通するのは、「またも見むかも」の訓では上下の句の間で主客が入れかわり、歌としての統一を欠き、首尾が一貫しないということであった。渡瀬氏はそれが理解できないといい、その節で分析した十四首のうち、「連体修飾句中の主語と結句の主語とが一致するのは、死者（子ら・妹）と行動を共にしたことをいう」次の三首のみだとする。

9　妹と来し敏馬の崎を帰るさに一人し見れば涙ぐましも（四四九）

10　黄葉の過ぎにし子らと携はり遊びし磯を見れば悲しも（一七九六）
11　古へに妹と吾が見しぬばたまの黒牛潟を見ればさぶしも（一七九八）

それ以外の歌としてあげたのが、Ⅵを含む次の三首である。

Ⅵ　のち見むと君が結べる磐代の子松がうれをまたも見むかも
12　楽浪《ささなみ》の国つみ神のうらさびて荒れたる京見れば悲しも（三三）
13　吾妹子が植ゑし梅の樹見るごとに心咽せつつ涙し流る（四五三）

これらは、「抒情する主体（歌い手・われ）とは異なる主語とその述語」が連体句に現われている例だとした。そのくだりは次の一文で結ばれている。

遺物・遺跡を遺したのは、過去の存在であって、その遺物・遺跡に働きかけた主体と、現在それを見て抒情している歌い手とが異なるのは、むしろ当然なのである。

意吉麻呂は、Ⅲを過去の叙事型で、Ⅳを現在の抒情型で歌い、ⅥはⅣと同じ類型で詠んだので、それをⅢにばかり引きつけて解する必要はない。ⅢとⅣを引っくるめてⅥとの関係を見るべきだ、ともいう。つづいてⅥの表記を検討し、「モ」の補読について五ページを費やし、いずれも人麻呂歌集の歌の表記として不自然ではない、と結論した。

以上、新しい視点からなされた、渡瀬氏の長い新稿の要点を紹介した。

四　構文論の視点から

当該歌の理解のしかたを見るために、結句の訓の部分の現代語訳を、いま行われている数点の注釈に覗いてみよう。

マタミケムカモ説

①後に見ようと有間皇子が結んだ岩代の松の梢を、皇子はまた見られたであらうか。（私注）

②他日見ようと君が結ばれた岩代の小松の梢をまた見られたであらうか。（澤瀉注釋）

③後に再び見ようと言って君が結ばれたままになって今もある磐代の松、当時の子松の末を再び御覧になったであろうか。（大系）

④後に再び見ようと皇子の結んだ岩代の子松の木末をふたたび見たであろうか。（全注）

⑤後に見ようと思って皇子が結んでおいた磐代の松の梢をまた見たであろうか。（完訳）

マタモミムカモ説

⑥のちに見ようと、皇子《みこ》が痛ましくも結んでおかれたこの松の梢よ、この梢を、私は再び見ることがあろうか。（釋注）

⑦無事であったらのちに見ようとあなた（皇子）様がお結びなさって今もここにある（わたしたちの見ている）、岩代の結び松の木のその痛ましい梢を、わたし（たち）は、ふたたび見るであろうかなあ。

（二度と見るにしのびないことだ。）（渡瀬（1971））

②ないし⑤の現代語訳を、読者は自然な日本語と読みとるであろうか。①では不自然さが和らいでいるが、それは、歌にはない「皇子」の語を結句に補って訳出したからである。⑥と⑦の現代語には不自然さがない。⑥には原歌に見えない語句が訳出されているが、それを除いても日本語の自然さは充分に保証される。この差は何に由来するのか。

初二句「のち見むと君が結べる」を、渡瀬氏は「磐代の子松がうれ」の連体修飾句であると説明した。これを構文論の用語で言いかえると、主格名詞句（以下、「主格」で代用する）「君が」と述語「結べる」を有する文相当の〈連体節〉である。それによって装定された「磐代の子松がうれ」は、格助詞「を」を得て結句の動詞「見る」の対象格名詞句（以下、「対象」で代用）になっている。この型の歌を萬葉集に探して、わたしがすぐに思いうかべた歌がある。石川郎女が大津皇子の贈歌に和した歌である。

14　吾を待つと君が濡れけむあしひきの山の雫に成らましものを（一〇八）

初句に引用節「吾を待つと」を有して第二句「君が濡れけむ」に続くさまがⅥに類似し、結句の述語「成らましものを」の主格が明示されていない点も同様である。主格が表現されていないのは、作者「われ」であることが自明だからであろう。

つぎに掲げる二首の歌でも、下の句に主格が詠まれていない。

15　あしびなす栄えし君が掘りし井の石井の水は飲めど飽かぬかも（一一二八）

16　我が背子が見らむ佐保道の青柳を手折りてだにも見むよしもがも（一四三二）

「飲めど飽かぬ」人、「手折りてだにも見む」と思う人が、作者「われ」であることはいうまでもない。

左に掲げる歌はいろいろ考えさせる要素を含む。

17　行くさには二人我が見しこの崎をひとり過ぐれば心悲しも（四五〇）

連体節の主格「二人我が」見た対象「この崎を」、今通り過ぎると悲しいのは「我」一人なのだが、歌では「我し悲しも」とは詠んでいない。これは大伴旅人が太宰府から帰京する途上で詠んだ歌である。太宰府に下る途中でこの崎を一緒に見た妻はかの地で没した。平叙文において感情形容詞の主体は話し手自身なので、あえて「われ」を詠む必要はない。その旅人が奈良の家に帰着して詠んだのが先掲の13であった。

先に渡瀬氏の記述の一部に傍線を施しておいた。その二箇所を再掲する。

A　「君が」は「結べる」のみの主語であって、「また見けむかも」には語法上かかっていかない。（第二節）

B　「君が」は「結べる」の主語でしかなく、「また見けむかも」の前に「君は」を補って読まなければならなくなる。（第三節）

氏は、これだけの記述で十分に理解されると考えたのだろうが、それは通じなかった。その根拠に踏みこんだ記述がないからであろう。

渡瀬氏のいう「語法」は、複文における格助詞の射程はどこまでかということと、主格名詞・人称との関

係をいうのであろう。右のA・Bを換言すると、

C　有属文において、従属節の主格助詞の機能は主文には及ばない。

となるだろうか。そのことは当然、つぎの帰結を導く。

D　有属文において、連体節と主文の主格は異なることを原則とする。

現代語に移しかえて実例を見る。

E1　春子が借りた指輪を無くした。

E1が、主文の主格を春子とする自然な日本語として理解される条件は、この一文全体が新情報として発せられた、いわゆる中立叙述に限られる。それとても、実際の発話では、「春子が」のあとに小さな休止を伴い、文字化すると、E2のようになるだろう。

E2　春子が、借りた指輪を無くした。

E1には他の理解もありうる。わたしの直感はそれも受けいれにくいのだが、文字化すると「指輪を、」となり、指輪を無くした人を春子以外と考えるものである。Dの原則によって、主文の主格を補う、例えば次のような文を考えるからである。

E3　春子が借りた指輪を太郎が無くした。

中立叙述という制限がなければ、格助詞を係助詞「は」に変えた単文E4で表現するのが自然であること、いうまでもない。

E4　春子は借りた指輪を無くした。

右には、連体節の主格を三人称として考えたが、これを一人称に変えたらどうだろうか。

F1　僕が会社に与えた損害を弁償した。

F2　僕が会社に与えた損害を父が弁償した。

F3　僕は会社に与えた損害を弁償した。

主格が一人称である中立叙述は現実には極めてまれだろう。原理的には考えることができるが、それでもF1の不自然さは否めず、主文の主格に第三者を想定したF2、一人称主格の表示を係助詞に変えたF3が自然な日本語だということになる。

Ⅵの結句の述語動詞と同じ「見る」を用いて、主張されている両説、すなわち「見けむ」と「見む」に対応する現代語の作例で考える。古代語の助動詞「む」は、現代語では意志の「う／よう」と推量の「だろう」に分化しているので、例文も二分する。

G1　彼がパリで買った絵を見ただろうか。

G2　彼がパリで買った絵を〔＊彼は／君は／＊僕は〕見ただろうか。

G3　彼がパリで買った絵を〔＊彼は／君は／僕は〕見るだろうか。

G4　彼がパリで買った絵を〔＊彼は／＊君は／僕は〕見ようか。

この文面だけで主文の主格を想定すると、G1については、E1・F1と同様に不完全な日本語の印象が拭いがたい。一般に自分の行為を尋ねることはしないので、G2において主文の主格は「君」とする解釈が最も自然である。G3では「君」への問いかけと、話し手の自問という解釈が可能である。G4の「見よう」は話し手の意志の表現なので、独語に、あるいは文語的な反語表現には用いうるだろう。ともに一人称主格だからである。

右の考察によって、「有属文において、連体節と主文の主格は異なる」というDの原則の確からしさがはっきりしたといえよう。この成果を当該歌に当てはめ、修飾語を省いて考えると、事態が鮮明になる。

H1　皇子が結んだ松が枝を見ただろうか。

H2　皇子が結んだ松が枝を見るだろうか。

原則Dを適用するまでもなく、日本語の話者なら、H1で「見た」人、H2で「見る」人は、ともに皇子以外の人であることを理解するであろう。

結局、Ⅵにおいて、「君が」の及ぶ範囲は「結べる」までであること、特別な前提なしに下の句「浜松が枝をまた見」るのは当然「君」以外の人であること、この歌でそれは作者その人であること、渡瀬氏はそう言いたかったのだろう。

五　一人称主格の優位

同類の歌を萬葉集に探して前節の論述を確かめよう。

倒置も句切れもない歌をいくつか掲げる。傍線部全体が連体節、そのうち二重傍線部が主格、波型の傍線部が主文の主格である。

15　あしびなす栄えし君が掘りし井の石井の水は飲めど飽かぬかも（再掲）
18　はたこらが夜昼といはず行く道を吾はことごと宮道《みやぢ》にぞする（一九三）
19　うつくしき人のまきてししきたへの我が手枕《たまくら》をまく人あらめや（四三八）
20　菅の根のねもころ君が結びたる我が紐の緒を解く人はあらじ（二四七三）

右の四首は連体節の主格が「我」以外の他者であり、15を除く三首では主文の主格が連体格の主格と異なっている。15は主文に主格が顕在しないが、わたしたちはその主格が話し手「われ」であることを直感する。渡瀬氏は、日本語話者のその直感を信じて書いたのだろう、とわたしは思う。だが、その思いは他の多くの論者に通じなかったのである。

その直感を他の論者のことばで確認すべく、構文論、談話文法の専書を広く漁ったが、その正当性はわかりきったことであるゆえか、まともに論じたものには出会わなかった。わずかに野田尚史（2004）に数行の記述を見いだした。「きのう早く帰った?」のように主語が現われていない質問文の主語は二人称であることが多く、「きのうは早く帰った。」のように、主語が現われていない平叙文の主語は一人称であることが多い、と述べているのがそれである。

つぎに、連体節の主格が「われ」、主文の主格が他者であるものを例示する。

1　石見なる高角山の木の間ゆも吾が振る袖を妹見けむかも（再掲）

21　雲隠りゆくへを無みと我が恋ふる月をや君が見まくほりする（九八四）

22　秋さらば移しもせむと我が蒔きし韓藍《からあゐ》の花を誰か摘みけむ（一三六二）

前節の論述と右の挙例によって、連体節の主格が「君」なら、主文の主格は「君」ではない、という渡瀬氏の主張が理解できるのではなかろうか。

一つ注意すべきことがある。連体節の主格が「われ」であるうえに、主文の主格にも「われ」の想定されるもの、すなわち原則Dに反する用例が多く存するのである。

23　行き帰り常に我が見し香椎潟明日ゆ後には見むよしもなし（九五九）

24　駒並めて今日我が見つる住吉《すみのえ》の岸の黄土《はにふ》を万代に見む（一一四八）

25　手折らずて散りなば惜しと我が思ひし秋の黄葉《もみち》をかざしつるかも（一五八一）

右の三首に対してわたしは違和感を覚えない。現代語訳でそれを確かめるべく、句に分けて訳出してある日本古典文学全集本から、句間をあけずに掲げる。

23b　行き帰りいつもわたしが見たこの香椎潟を明日から後は見るすべもない

24b　馬を連ねて今日《きょう》わたしが見て来た住吉《すみよし》の岸の黄土をたびたび見に来よう

25b　手折らずに散ったら惜しいと私が思っていた秋の紅葉《もみじ》を髪にさすことができた

この現代語訳にも日本語としての不自然さはない。

前節に、渡瀬氏が「連体修飾句中の主語と結句の主語とが一致するのは、死者（子ら・妹）と行動を共にしたことをいう」とする次の三首をひいた。

9　妹と来し敏馬の崎を帰るさに一人し見れば涙ぐましも

10　黄葉の過ぎにし子らと携はり遊びし磯を見れば悲しも

11　古へに妹と吾が見しぬばたまの黒牛潟を見ればさぶしも

渡瀬論文の主張、それを構文論の視点からまとめたAによると、11の連体節中に明示された主格「吾」は、主節の述語に及ばないはずだった。それなのに、この歌が自然な日本語の歌であるのはなぜか。一つには、この三首の連体節の主格が、9では「妹」と作者、10では「子ら」と作者、11では「妹」と「吾」、つまりいずれも「われ」を含む複数であることによるのだろう。そのうえ、三首の主文は〈見れば＋感情形容詞＋も〉の形である。一般に感情形容詞の主体は「われ」（話し手）であることが原則なので、それは表現されない。この三首にもその感情主体は表現されていない。

これは極めて当然なことではあるまいか。あえて言えば、歌を詠むとは、おのれの様々な思いを表出することである。当代のある著名な俳人は、俳句作りの秘訣を「今、ここ、我」の三語で表現する。「誰の」と詠んでなくても、それは作者の思いと了解していいのである。ことは何も詩歌という文章形態、感情形容詞という品詞に限られるわけではない。散文においても、動詞においても事情はかわらないだろう。いま古代の散文に踏みこむ時間はないので、現代語の作例で考えてその見通しをつけよう。

Ⅰ　花子が公園で拾った子犬を保健所に届けた。

J　これから太郎が入選した絵をメールで送ります。

K　初めて編んだ手袋を蜜柑と一緒に渡します。

さきにE1・F1において考えたように、Iで保健所に届けた人は、連体節の主格「花子」であるよりも、花子以外の人たとえば話し手を考えるのが自然であろう。Jでも同様に「太郎が、」としないかぎり、主文の主格は「太郎」ならぬ話し手である。Kでは連体節も主文も、主格は話し手である。

野田氏は節一般を扱ったうえで、「主文の主語も節の主語も現れていないときは、主文の主語は一人称になっていることが多い。」「節の主語は主文の主語と同じで、一人称のことが多い。」として次の例文をあげている。

L　小学生のとき、札幌に住んでいた。

右のKが野田氏の二条のうちの前条に相当することはいうまでもない。主文の主格として話し手が優位に立ちうることは明らかで、それは日本語話者には当然すぎる原理である。

自明のこととしてか、この事実は専書で言及されることが少ない、と本節の前半部に書いた。そうした状況で、佐治圭三（1989）の次の記述は貴重な指摘である。

ガ格（主格）成分は、他の格助詞の付いた成分と同様に、述語の事柄的意味の中で納まってしまうために、連体修飾成分中や順接仮定条件の節の中で納まってしまう。（p. 158）

おわりに

斉明紀四年に伝える有間皇子の悲劇に基づいてこの歌群の皇子の歌二首を読むと、Ⅵの結句の訓など、じつに小さな問題にすぎないと感じられる。だから、研究者の発言も少ないのだろう。しかし、萬葉集を読む日本語の学徒にとってこれは見逃せない問題であった。そこで、渡瀬氏の論を中心にして本稿では次のようなことを論じた。

一　連体節の主格表示の格助詞の機能は、原則として節の外には及ばず、連体節の主格は主文の主格になれない。

二　一によって、当該歌の「君が」は主文の主格になれないので、「君」を主格と見なす「また見けむかも」の訓は採れない。

三　主文の主格は作者「われ」と解すべきであり、当該歌の訓は「のち見むと君が結べる磐代の子松がうれをまたも見むかも」が適当である。

四　連体節・主文の主格がともに話し手のばあい、一の原則の例外になりうる。それは、文における主格の絶対的優位ともいうべき性質によるのであろう。

以上、一つの萬葉歌を対象にして、その結句の訓を考える道筋を述べた。構文論と談話文法の側からあてた光によって、真相が見えたといえるだろうか。

余談であるが、結句の主格を皇子として「見ただろうか」と解するには、例えば次のように詠まねばならないだろう。

のち見むと結べる崖《きし》の松が枝を君はかへりてまた見けむかも

のち見むと己が結べる松が枝を君はかへりてまた見けむかも

［引用文献］

伊　藤　博（1990）『萬葉集の歌群と配列　上』塙書房

（1995）『萬葉集釋注　一』集英社

稲岡　耕二（1969）「人麻呂歌集の筆録とその意義」『國語と國文學』第四十六巻十号

（1985）『萬葉集全注　二』有斐閣

（1997）和歌文学大系『萬葉集　一』明治書院

佐治　圭三（1989）『日本語学概説』（森田良行・加藤彰彦・佐治圭三編）櫻楓社

野田　尚史（2004）「見えない主語を捉らえる」『言語』第三十三巻二号

橋本　達雄（1975）『万葉宮廷歌人の研究』笠間書院

（1999）『セミナー万葉の歌人と作品　第一巻』和泉書院

森　淳　司（1973）「万葉集巻二人麻呂歌集歌一首――渡瀬昌忠氏説をめぐって――」『國語と國文學』第五十巻十一号

渡瀬　昌忠（1971）「人麻呂集の皇子追悼挽歌――子松がうれをまたも見むかも――」『萬葉』七十五号

（2003）『渡瀬昌忠著作集』第五巻　おうふう

渡辺護（1977）「有間皇子自傷歌をめぐって」『万葉集を学ぶ　2』有斐閣

助字から見た萬葉歌

——満ち欠けすれそ人の常なき——

はじめに

萬葉集巻第七の中ほど、「寄物発思」の標目下に、「右一首古歌集出」の左注をもつ歌一首（一二七〇）がある。寛永版本によって本文と訓を別行に掲げる。

隠口乃泊瀬之山丹照月者盈昃爲烏人之常無

コモリクノハツセノヤマニテルツキハミチカケシテソヒトノツネナキ

「烏」の字は、この版本の他の箇所でもおおむねこの字形で実現している。この箇所を『校本萬葉集』で検すると、温古堂本に文字がなく、紀州本が「乎」につくる以外、他の有力古写本は「焉」と認めるべき文字でかいており、そう翻字してさしつかえないものである。第四句末の訓が係助詞「そ／ぞ」であることもそれを語っている。

この訓をとる近代の二注釈書から現代語訳をひく。

こもりくの（枕詞）初瀬の山に照る月は、或は満ち、或は缺けて、其の如くに人は無常である。

（土屋文明『萬葉集私注』）

初瀬の山に照る月は、満ちては欠けて定まりがない。（それと同じように）人間というものは無常なことよ。

（日本古典文学大系）

右にみるように、『私注』は結句へのつなぎに「其の如くに」を補い、「大系」は第四句でいったん歌をきり、その上で「それと同じように」を補っている。

右の二つの解は、語句を補ったり、歌を途中できったりして、歌の形から離れている印象が拭いがたい。かかる乖離はなぜ生じたのか、ほかに考える術はないのか。本稿は、そうした問題意識にたち、「焉」を中心にすえて助字を広く視野にいれ、この歌について新しい訓を探る試みである。

以下の論述は主に塙書房版の本文によって進める。他本によるときは、特に助字の扱いが異なりうることは当然である。なお、歌の下のアラビア数字は『國歌大觀』の歌番号、人名下のそれは著書・論文のキリスト暦による発表年次である。言及箇所を含む萬葉歌を原文でひくばあいは句単位で右に訓を附す。旋頭歌の第三四句間に空白をおき、長歌は省略した部分を点線で示すことがある。周知の書名は適宜に略記する。

一　萬葉集の助字通覧

初めに萬葉集の「助字」をひととおり眺めておきたい。本稿で「助字」の語を用いることに特別な意味はない。「語気詞」「虚字」「虚辞」「助詞」などの称も行われ、専門家のあいだにも定説はないので、中国では使わない「語気詞」、日本語の品詞と紛らわしい「助詞」を避け、本稿の学ぶことが多かった小島憲之(1964)に従ったまでである。

古代文献における助字の用法、特に散文のそれについては既に多くの研究の蓄積がある。その概要については廣岡義隆(2005)などに譲り、ここでは萬葉集の歌に限って考察することにする。その範囲も、不・被・耳・乍・至などまで広げる必要はあるまい。これらは古代日本の漢字文表記で訓が定まり、萬葉歌においてもほとんどゆれることがないからである。

初めに「矣」。これは萬葉歌でよく用いられた助字で七十例ほどある。

潮干なば玉藻刈りつめ家の妹が浜づと乞はば何《なに》矣《を》示《しめさむ》（三六〇）

秋風の寒き朝明《あさけ》を佐農の岡越ゆらむ君に衣借益《きぬかさまし》矣《を》（三六一）

…国問へど　国《くに》矣《を》毛《も》不告《のらず》　家問へど　家《いえ》矣《を》毛《も》不云《いはず》…（一八〇〇）

右のように格助詞と終助詞「を」の位置に定着して、さながら「を」の仮名のごとき様相を呈する。

「従」には「ゆ／よ／より」の三つの訓がありうるが、記定の時期を慎重に吟味し、音数律を加味することによってほぼ一つに絞ることができる。それに比べると、「哉」は「か／かも／や／やも／やし」の間でゆれて定訓のない歌もある。

四十近い用例がある「於」のうち、次の歌は「於」を動詞に前置した唯一の例であるが、訓は名詞についたものとかわらない。

天の河去年《こぞ》の渡代《わたりで》移ろへば河瀬於踏《かはせをふむに》夜そ更けにける（二〇一八）

わたしはこの「於」を、動詞の連体形に接した助詞「に」と解したが、近年刊行された『萬葉集索引』では助詞「を」としている。「河瀬於踏《かはせをふむ》ニ」と解釈したらしい。それによると、萬葉集時代すでにオ・ヲの仮名違いがおこっていたことになるが、ほんとうにそれでよいのだろうか。

「者」を「は／ば」と訓ずるのは数えきれないほどある一方、「さ」の訓を負う五例は、狭くとるたちばでは形容詞に「〜さ」の接した名詞形に限られ、そのうち四例は喚体句の位置におかれる。その例を一つずつあげる。

天《あめ》にます月読《つくよみ》男賂《まひ》はせむ今夜乃長者《こよひのながさ》五百夜《いほよ》継ぎこそ（九八五）

高松のこの峰も狭《せ》に笠立てて満ち盛りたる秋香乃吉者《あきのかのよさ》（二二三三）

ほかに、本文に問題を残す存疑例一つ「黄葉早者」（二二一七）がある。

わりに用法の複雑なのが十数例の「也」である。まず指摘しうるのが、形容詞由来の名詞形による喚体句、係りに対する結び、命令表現にそえたもの、この三種である。

大君の御笠の山の帯にせる細谷川の音乃《おとの》清也《さやけさ》（一一〇二）

我がやどに咲きたる梅を月夜《つくよ》良み夜々《よひよひ》見せむ君《きみ》乎《を》社待《こそまて》也（二三四九）

夜《よひ》に逢ひて朝面《あしたおも》無み隠野《なばりの》の萩は散りにき黄葉《もみち》早続《はやつげ》也（一五三六）

訓法に議論があって断定はしがたいが、右以外に特定の語法にあてはめえぬまま「不読」と処理しておくほかないものが、次の例など四つほどある。

たらちねの母の命《みこと》の言にあらば年の緒長く憑《たのみ》過《すぐさ》武《む》也（一七七四）

さて、「之」はノ・ガの正訓字としても、シの音仮名としても圧倒的多数の用例をもつ文字である。だが、助字の機能を大幅に広げて解釈する鶴久氏の訓では様相が一変する。本稿はそこに深くふみこむ意図はないので、鶴久・森山隆共編の『萬葉集』（補訂版 1977 櫻楓社）から一例ずつひいて簡単に言及するにとどめる。

吉野川逝瀬《ゆくせ》之《を》早見《はやみ》しましくも澱むことなくありこせぬかも（一一九）

春之雨《はるさめ》者《は》いや頻き降るに梅の花未だ咲かなくいと若みかも（七八六）

白雪の常敷く冬は過ぎにけらしも　春霞田菜引《たなびく》野辺《のべ》之《に》鶯鳴くも（一八八八）

山口佳紀（2004）は、「逝瀬《ゆくせ》之《を》早見《はやみ》」の「之《を》」を積極的に支持する発言をしている。だが、右三首の「之」は、その訓以外に決してよめないわけではなく、他書はおおむね「の」と訓じている。わたしも「の」の表記と解してよいと考えるものである。

天霧《あまきらし》之雪も降らぬかいちしろくこの厳柴に降らまくを見む（一六四三）

打霧之《うちきらし》雪は降りつつしかすがに我家《わぎへ》の苑に鶯鳴くも（一四四一）

右のたぐいの「天霧之」三例、「打霧之」一例の「霧之」を、鶴氏は「きらひ」と訓ずる。萬葉集に「天霧相／天霧合／雨霧相」の表記例があるので、それに揃えようとするのである。だが、「之」の文字を、あえて動詞の再活用語尾「ふ」にあてた意図が説明されなくては肯ないがたい。伊藤博『萬葉集釋注　四』は「天霧之」（一六四三）を「あまきらし」と訓じて櫻楓社版の訓を紹介するにとどめ、井手至『萬葉集全注　巻第八』は「うちきらし」（一四四一）の訓をとらないことを明言した。私見は工藤（1996）にかいた。

ほかに次の一例がある。

梓弓春山近く家居之《いへをらば》継ぎて鳴くらむ鶯の声（一八二九）

右の歌の「之」の訓は次の歌などの表記に支えられる。

梅の花咲ける岡辺に家居者《いえをれば》ともしくもあらず鶯の声（一八二〇）

恋ひつつも稲葉かきわけ家居者《いへをれば》ともしくもあらず秋の夕風（二二三〇）

この「者」と「之」の通用は、古事記・日本書紀などにもみえており、それが漢籍の表現に由来することは、小島憲之（1964）に詳しい。

以上の処理の網にかからないものがなお残る。

梅の花我は散らさじ青丹よし平城《なら》之人《なるひとも》来つつ見るがね（一九〇六）

…慰もる　心もあらず　そこゆゑに　為便知之也《せむすべしれや》…（一九六）

沫雪に降らえて咲ける梅の花君之許《きみがり》遣者《やらば》依そへてむかも（一六四一）

次の歌の第四句は訓が定まらなかった。

川の瀬の石踏み渡りぬばたまの黒馬之来夜者つねにもあらぬかも（三三一三）

従来、「くろうまのくるよは」「くろまのくるよは」「くろまのくよは」などと訓ぜられていた。それぞれ、二字の余り、一字の余り、連体修飾の破格である。稿者も校注に参加した新日本古典文学大系『萬葉集』では、考えあぐねたすえに「黒馬之来夜者《くろのくるよは》」の訓をつけたのであった。

二　「焉」の多彩なはたらき

本稿の対象歌に用いられた助字「焉」の、萬葉集における使用実態を検討しよう。これは多彩にして複雑である。本節では用例に丸数字の通し番号をつける。

初めに詠嘆の情をこめて終助詞の位置に出現したものをあげる。①②③が「を」、④⑤⑥が「も」の例である。

①児らが家道差間《ややま》 遠《とほき》焉《を》ぬばたまの夜渡る月に競《きほ》ひ敢へむかも（三〇二一）

②今よりは秋風寒く将吹《ふきなむ》焉《を》いかにか独り長き夜を寝む（四六二）

③甚だも夜《よ》更けてな行き道の辺の斎篠《ゆざさ》の上に霜《しもの》 降夜《ふるよ》焉《を》（二三三六）

④白雪の常敷く冬は過ぎにけらしも　春霞たなびく野辺の鶯《うぐひす》 鳴《なく》焉《も》（一八八八）

⑤…思ひ来し　恋尽くすらむ　七月の　七日の夜《よひ》は　吾毛悲焉《われもかなしも》（二〇八九）

⑥柵《くへ》越しに麦食む駒の詈《の》らゆれどなほし恋しく思不勝焉《おもひかねつも》（三〇九六）

次に係り結び構文で結びの位置に用いられた例をあげる。⑦⑧が「そ」の結び、⑨⑩が「こそ」の結びである。

⑦あしひきの岩根こごしみ菅の根を引かば難みと標耳曾結焉《しめのみそゆふ》（四一四）

⑧向つ峰《を》に立てる桃の樹成らめやと人曾耳言焉《ひとそささやく》汝が心ゆめ（一三五六）

⑨天雲のよそに雁がね聞きしよりいやますますに戀許曾増焉《こひこそまされ》（二一三二　一云）

⑩秋萩の恋も尽きねばさ壮鹿の声い継ぎい継ぎ戀許増益焉《こひこそまされ》（二一四五）

右とは反対に、「そ」が係り結びの係助詞の位置に用いられた⑪⑫がある一方、断定辞として機能する⑬⑭⑮がある。「そ」は本来このように係助詞としても断定辞としても機能し、さらに指示機能も有する語だったようだ。

⑪纏向《まきむく》の痛足《あなし》の山に雲居つつ雨は降れども所沾乍焉来《ぬれつつそこし》（三一二六）

⑫うらもなく去にし君ゆゑ朝な朝な本名焉恋《もとなそこふる》逢ふとはなけど（三一八〇）

⑬…不盡川と　人の渡るも　其の山の　水乃当焉《みづのたぎちそ》…（三一九）

⑭風高く辺には吹けども妹がため袖さへ濡れて苅流玉藻焉《かれるたまもそ》（七八二）

⑮面《おも》忘れいかなる人の爲物焉《するものそ》われはしかねつ継ぎてし思へば（二五三三）

完了辞「ぬ」の終止法の位置に出現した三例がある。

⑯君に恋ひしなえうらぶれ我が居れば秋風吹きて月斜焉《つきかたぶきぬ》（二二九八）

⑰…あぢさはふ　夜昼知らず　かぎろひの　心燃えつつ　悲惨別焉《なげきわかれぬ》（一八〇四）

⑱うつせみの常の言葉と思へども継ぎてし聞けば心遮焉《こころまとひぬ》（二九六一）

命令形の下におかれることもあり、これは「也」にもみられた用法である。

⑲佐保川の岸の司の少歴木《しば》莫苅焉《なかりそね》　ありつつも春し来たらば立ち隠るがね（五二九）

「～を欲り」でおわる、動詞の連用形終止と称すべき二例がある。ともに四句切れの歌で、結句は理由をのべる倒置法表現をなしている。

⑳月夜には門に出で立ち夕占《ゆふけ》問ひ足占《あしうら》をそせし行乎欲焉《ゆかまくをほり》（七三六）

㉑山辺には猟雄《さつを》の狙ひかしこけど壮鹿《をしか》鳴くなり妻之眼乎欲焉《つまがめをほり》（二一四九）

そのほかに形容詞とともに用いられた三例がある。㉒はミ語法の下に用いられ、前条と同じく倒置法、㉓㉔は形容詞終止形の下におかれたものである。

㉒秋萩の散り過ぎ行かばさ壮鹿はわび鳴きせむな不見者乏焉《みずはともしみ》（二一五二）

㉓春日野に粟蒔けりせば鹿《しし》待ちに継ぎて行かましを社《やしろ》師怨焉《しうらめし》（四〇五）

㉔思はぬにしぐれの雨は降りたれど天雲晴れて月夜《つくよ》清焉《さやけし》（二二二七）

以上のほかに定訓が得がたくて保留した一例がある。新大系の訓をそえてあげておく。

㉕…はしきやし　我が大君の　形見何此焉《かたみにここを》（一九六）

当該歌の訓も当然みぎの範囲で考える必要がある。寛永版本の訓に適宜に漢字を交えて再掲する。

㉖こもりくの泊瀬の山に照る月は盈昃爲焉《みちかけしてそ》人の常なき

この歌の「焉《そ》」は、状況を説明する成分の一部になっている点では⑪⑫に近い。その二例は句の途中に位置し、上接語句と一つになって直下の動詞に係るのに対して、㉖では第四句の句末に位置し、結句への係りに一ト呼吸おかれる点が異なる。わたしにはこの差異が無視できない。

三　「焉」はケリを担わず

本稿の発端になった㉖の歌の本文に問題がないらしいことは冒頭にのべたが、訓となると事情が違う。寛永版本の第四句の訓は「ミチカケシテソ」であるが、この部分を中心に、校本萬葉集から訓と諸説の記事を摘記する。

元・古・宮、「するそ」。類・紀・西・細・廣・京左赭「するを」。西、三字青、漢字の左に「シテソィ」あり。矢・京、三字青。陽「シテソ」青。

童蒙抄「テルツキモ」カ。童蒙抄「スルゾ」、萬葉考「スルチ」、略解「シテチ」、古義「シケリ」、略解補正「スルモ」。

この歌について最も深くふみこんで発言したのは澤瀉久孝『萬葉集注釋』であろう。そこでは、古義が

「ミチカケシケリとよむべし　照月さへも盈昃じけり、されば人身の無常《ツネナキ》は道理ぞ、とあきらめたるなり」として、例歌（四一六〇）をあげていることを紹介・検討したすえに拒否した。また、シテヲと訓じた略解・佐佐木信綱『萬葉集評釋』のように、「満ちたり欠けたりすることである」ときって解釈することを否定した。萬葉考・金子元臣『萬葉集評釋』のスルヲの訓についても、萬葉考が「月はみちかけしながらも常にてよけれど」と余計な言葉を加えたのは、その「を」ゆえであると却下した。そして、⑬～⑮同様に断定辞「ぞ」と解することを主張して「ミチカケシテゾ」と訓じ、

　その「ぞ」は係詞として下にかかるのではなく、一旦切れる。結句は独立文と見るべきであり、一〇五のやうな連体止で余情を含めたものと見るべきであり、

とした。口訳は左記のとおりである。

　泊瀬の山に照る月は満ちたり缺けたりしてゐるが、そのやうに人生もまた無常であることよ。

ゾで一旦切れるとのべたのに、口訳はそうなっておらず、論述と口訳が矛盾している。

　だが、近年の注が多くよっている古義の「ミチカケシケリ」を拒否した澤瀉氏の論拠には学ぶべきものがある。すなわち、「けり」の読みそえは人麻呂歌集略体歌にはある（二二四二・二四一四など）が、ほかには「所沾香裳」（一六七五）など僅かで、「けり」の読みそえとして「焉」を用いた例はないというのである。

　それでは、「けり」は仮名以外でいかに表記されていたのだろうか。總索引を手がかりに検すると、「にけり」を含む用例数は、「来」五十九、「来有」三、「来理」一、「在」六である。稲岡耕二（1991）によると、

人麻呂歌集古体歌には澤瀉注釋があげたほかに読みそえが三例ある。ここにおいて、萬葉時代の「けり」はまだ「来」の意味をひきずる概念語として把握されていたらしいことが思いだされる。『時代別国語大辞典上代編』は「けり」の項で、「語源的には来《キ》－アリの縮約形のケリと同じもので、両者のいずれか区別できない例もある。」とする。かくて近年の訓「ケリ」は再考を要するのである。

月を見て恋しい人を偲び親しい友人を思う、と詠んだ歌が多い萬葉集にあって、人生の無常を詠む歌もある。「作者未詳」とされた「悲傷膳部王歌一首」である。

世の中は空しきものとあらむとそこの照る月は満ち缺けしける（四四二）

あえて喋々するまでもなく、当該歌に通う心情の詠出である。初二句によって無常の観念をのべ、月の満ち缺けとの因果関係に思いを致す。引用の助詞を含んでいるが句切れはなく、歌末の詠嘆まで一気に詠まれた形である。

さて、当該歌について、近年は澤瀉注釋が拒否した訓、すなわち第四句末の助字「焉」に隠れた訓を「けり」として、四句切れにする解が多いことは先にのべた。今度はそれらの現代語訳をいくつかみよう。

泊瀬山に今照つてゐる月は、満ち缺けをしたことであつた。人間には永遠性のないことだ。

（窪田空穂『萬葉集評釋』）

（こもりくの）泊瀬の山に　照る月は　満ち欠けすることだ　人のはかなさよ

（新編日本古典文学全集）

これをよむと、月を詠んだ四句と人生の無常を詠んだ結句が分裂し、それを、木に竹をついだように結びつけた感じで、詠み手の感動がさっぱり伝わってこない。

作者は、この歌を詠んだとき初めて月の満ち欠けをしったわけではあるまい。この歌の主題は人生の無常であり、無常に対する嘆きである。月の満ち欠けと人生の無常を結びつけたことが詠歌の要であろう。その嘆きがわずか七音で詠まれて上の四句ときれている。その結句の軽さが問題なのではあるまいか。

四　条件節と詠嘆と

当該歌のように、第四句で切れて歌末に深い詠嘆を表出したどんな歌があるだろうか。萬葉歌にそれを思いだそうとしたが、わたしにはできなかった。やむなく巻第一の冒頭から巻第五まで走りよみして得たいくつかをあげよう。以下の引用では句切れ箇所に読点をおく。

河のへのゆつ岩群に草むさず常にもがもな、常娘子《とこをとめ》にて（二二）
巨勢山のつらつら椿つらつらに見つつ偲はな、巨勢の春野を（五四）
秋の田の穂向きの寄れる片寄りに君に寄りなな、言痛《こちた》くありとも（一一四）
家に来て我が屋を見れば玉床の外《ほか》に向きけり、妹が木枕《こまくら》（二一六）
しきたへの枕ゆ潜《くく》る涙《なみた》にそ浮き寝をしける、恋の繁きに（五〇七）

右の五首は確かに四句切れであるが、結句は、詠み手の状態・動作の対象語・主格語・原因など、先行表現の補ないとして加えられた、いわば倒置表現であるにすぎない。
そのほかには、第四句と結句が並立の関係の歌、結句が引用句である歌もある。

君が行き日長《け》くなりぬ山尋ね迎へか行かむ、待ちにか待たむ（八五）

あさりする漁夫《あま》の子どもと人は言へど見るに知らえぬ、うまひとの子と（八五三）

歌の構造はこの程度である。それらの中で次の一首は少し異なる。

しきたへの袖かへし君玉垂れの越智野過ぎ行く、またも逢はめやも（一九五　人麻呂）

古典大系の大意は「敷栲の袖をかわして共に寝た皇子は越野を過ぎ去ってしまわれた。またも逢うことがあろうか。ありはしないのだ。」とある。結句の反語を訳出してあるが、直訳に近く、これで過不足はないといえる。第四句に詠嘆をこめた表現がないので、歌が分裂した印象を与えず、結句は充分に詠み手の思いを言語化しえたのである。

前節末に記した、解釈の不満は何に由来するのか。訓と現代語訳を前節に引いた新編全集には、それにふれることになる記述がみえる。結句に関する頭注である。

人の常なき——連体止め。あるいはこの上に「うべそ（道理で）」のような語句が省かれたような続き方か。

そうだ、この方向で歌を見直すべきではなかろうか。すなわち、「うべそ」が省かれたのではなく、「焉」に含意されているのだと。当該歌の感動は結句に存するのだから、そこに至るまでにつもる思いを第四句で解き放たず、終りまで維持すべきなのである。

右の解釈には、当該歌の構造を、【条件節＋係助詞～連体形止め】と把握する必要がある。そこで「そ／ぞ」によるこの構造の萬葉歌をあげ、条件節に傍線を施す。

朝髪の思ひ乱れてかくばかり名姉《なね》が恋ふれそ夢に見えける（七二四）

我《あ》が待ちし秋は来たりぬ妹と我《あれ》と何事あれそ紐解かずあらむ（二〇三六）

時々の花は咲けども何すれそ母とふ花の咲き出来ずけむ（四三二三）

研究者には周知のことだが、古代和歌には「已然形で言い放つ法」とよばれる語法があった。特に順態接続の確定条件表現で、已然形にじかに係助詞がついて接続助詞「ば」を要しない例は多い。右の第一例についていうと、これで「名姉が恋ふればそ」の意味がみたされたのである。

当該歌の第四句「盈昃爲焉」を、ミチカケシテソと訓じても、ミチカケシケリと訓じても的確な理解に到達しないことをわたしは縷々のべてきた。この隘路から抜けだすには、「已然形で言い放つ法」により、当該歌を【条件節＋係助詞～連体形止め】構造で捉えるほかにない、と考えるのである。当然、卑案の訓は左記のようになる。

こもりくの泊瀬の山に照る月は満ち欠けすれそ人の常なき

五　破格の処理

前掲の訓をえたのは、新大系の校注に携わった七年前のことである。だが、五人の討議の席では強く主張しえなかった。一つの大きな難点があったからである。

現代日本語において、条件節の主格につく助詞は、順接と逆接で異なるのがふつうである。それを作例してみると、次の四文はいずれも自然な日本語だといえよう。

嫁がよくしてくれたので、旅行券を贈りました。

石油価格が高騰したから、景気が減速したのです。

嫁はよくしてくれたが、旅行券を贈りませんでした。

石油価格は高騰したけれど、好景気が続いています。

この二つの助詞について、萬葉歌の解釈文法の説明にゆれはなかったし、現在の構文論でも、順態条件節は独立性が弱いので主格には「の／が」が用いられやすく、逆態条件節は独立性が強いので主格には「は」が用いられやすいと説明されている。

訓について議論のあった歌でそれをみよう。

冬過ぎて暖来者年月は新たなれども人は古りゆく（一八八四）

第二句「暖」への読みそえが古写本でノとシにわかれ、近代の注釈家も同様であった。澤瀉注釋はこの句を

「はるのきたれば」と訓じ、その根拠を「副詞句で「バ」の受ける場合は、「ノ」「ガ」を用ゐる例である。」と説明した。ここにいう「副詞句」は順態条件節の意である。同じ術語は佐伯梅友（1938）も用いており、副詞句において「ば」のうける場合の用例として次の歌をあげた。

　高光るわが日の皇子の‖いましせば島の御門は荒れざらましを（一七三）
　家にありて母が‖取り見ば慰むる心はあらまし死なば死ぬとも（八八九）
　山の峡そこも見えず一昨日《をとつひ》も昨日も今日も雪の‖降れれば（三九二四）

ここの論点は、じつは工藤の前稿（2006）のそれでもあったのである。前稿では、従属節の格助詞「が」の勢力が主節には及ばないことを論じた。右には、条件節の主格表示に「が／の」が用いられることをみた。前稿と本稿とは、一つの現象を裏からみると表からみるとの差にすぎないといえようか。

卑案「こもりくの泊瀬の山に照る月は満ち欠けすれそ人の常なき」では、第四句までが順態条件節である。だが、条件節の主格句「照る月」が係助詞「は」をとって、右にみた傾向にあわない。これが難点であることは、澤瀉・佐伯氏の論によるまでもない。「照る月の」が望ましいのだが、原文「照月者」に異文はない。

かつてこの問題に接近していたらしい書、井上通泰『萬葉集新考』がある。そこでは、旧訓のミチカケシテゾをとって順態条件節によみ、次のように解いた。

　第三句の者は誤字にてテル月ノならむ。上三句は序なり。即テル月ノ如ク盈缺シテといへるなり。

得意の誤字説である。四五句を一続きに解するのはかえって誤りだ、と澤瀉注釋は退けた。上三句を序とする解には賛同できないが、誤字説によってでも「照る月の」と訓ずる主張は問題の本質をついていた、とわたしは考える。

これはいかに解決すべきか。佐伯氏は先の記述のあとで、「例外の多い言語現象のことであるから、こゝにも例外はあるけれども、その数は極めて少ない。」として、若干の例外を萬葉集と他の奈良時代文献から拾っている。萬葉歌から三例をひく。

…しばしばも　見さけむ山を　情なく　雲の‖　隠さふべしや（一七）

…時ならず　過ぎにし子等が‖　朝露の如　夕霧の如（二一七）

…百鳥の　来居て鳴く声　春されば　聞きの‖かなしも　いづれをか　分きてしのはむ…（四〇八九）

右はいずれも「が／の」をとる理由の説明が難しいものである。佐伯氏はさらに、音数律の制約がないにも関わらず助詞をとらない場合もある、として次の歌をあげた。

竹敷の浦廻《うらま》のもみぢわれ‖行きて帰り来るまで散りこすなゆめ（三七〇二）

「わが行きて」が可能なのにそうしていない、逆の例外だとしたのである。

森重敏（1949）も萬葉歌と古語拾遺から十例ほどをあげて論じた。その一つ、佐伯氏の第一例（一七）についての論拠を簡潔に要約することは難しいが、一言でいうと、複雑にこみあげる感動の表出が文法の制約をこえた結果だ、といえるだろうか。

木下正俊（1965）は、よめない、または難解な萬葉歌四十七首を多方面から検討した。その中の二首に注目する。

大伴の高師の浜の松が根を枕《まくら》き寝《ぬ》れど家し偲はゆ（六六）

この歌で、「枕き寝」と「家し偲はゆ」を逆接助詞「ど」で繋ぐことは不審で、むしろ「ば」とあるべきではないか。諸説のうち、金子評釋の「面白い浜の松が根を枕にして寝るやうな楽しい筈の旅であるけれど」の、「ど」の解釈に忠実な点は認められるという。省略を想定した解釈である。

もう一首は大伴家持が婚約者に贈った歌である。

なでしこがその花にもが朝な朝な手に取り持ちて不恋日将無《こひぬひなけむ》（四〇八）

第二句の「にもが」は希求を表わし、～であってほしいの意である。結句の動詞「恋ふ」は、本来眼前にないものを慕う意なので、古典大系が「めでる」という訳を与えたのはゆきすぎではないか。家持は「恋ふる日無けむ」というべきを、恋しさから解放されたいあまりに、「恋ひぬ日無けむ」と誤ったのだと思う、として「人言の繁きこのころ玉ならば手に巻き持ちて恋ひざらましを」（四三六）などはその推測の傍証になるとしている。先の歌は家持の言い損ないだが、「不恋日」は「不」字が紛れこんだものと解することはかえって正しくあるまい、と結んでいる。

結局、詠み手の思いが先走るあまり、文法をふみはずすことがある。佐伯、森重、木下氏はそういうのである。卑見も、一概に文法の破格として処理せず、詠み手の心情とその表出の意欲をくもうとするたちばから、次の結論に到達した。すなわち、泊瀬山を照らす月は作者の日ごろみているものである。したがって、これはある日ある時の月を詠んだ歌ではない。そこで、主格の「の」をもってせず、一般的な命題を呈示する助詞「は」を用いた。月というものは、の意である。それは、結句で人の命の無常を詠むための、対比の「は」でもあったのである。

当該歌に酷似する問題を含むもう一首の歌がある。

河渚《かはす》にも雪は降れれし宮の内に千鳥鳴くらし居むところ無み（四二八八）

第二句の原文は「雪波布礼ゝ之」。「り」の已然形で言い放つ法の唯一例であるばかりでなく、それに強意の副助詞「し」の承接した唯一例でもある。そこで、也《や》↓之《し》の誤写かとする古典大系の説も出た。その蓋然性は否定しきれないが、この「し」は第四句末の「らし」と呼応してもいるので、このままの形で解釈したい。

この歌に関する最も詳しい記述は新編全集にある。「名姉が恋ふれそ」（七二四）、「降る雪の千重に積めこそ」（四二三四）をあげて、この歌は条件節の主格が助詞「の／が」をとる原則からはずれていることを指摘し、「内容的に二句切に近いものがあったことを示すか。」と結んだ。

天平勝宝五年正月十一日、奈良の都に大雪がふって翌日も続いた。この歌は「十二日侍於内裏聞千鳥喧作歌一首」の題詞をもつ大伴家持の作である。他者の歌は収めていないが、題詞から推測すると、ほかの人の作もあったかもしれない。とまれ、その席で詠まれるべきは雪にきまっている。それを主題にして「雪は、河渚にも降れれし宮の内に…」と詠むべきところ、音数律のつごうで初二句の順序をいれかえてこの形に詠んだのだ、とわたしは考えている。確かに条件節の助詞のありかたからそれてはいるが、そのような背景をくみとる必要があろう。

なお当該歌では、主節である結句の主格が「は」ならぬ「の」となっている。これは、第四句の係助詞「そ」によって述語が連体形で結ぶことを求めているからである。その実例として、同じように一般的な命題を詠みながら、係助詞「そ」が先行し、主格が助詞「の」をとった次の歌の初二句が参考になる。

かくしてそ人《ひと》之《の》死《しぬ》云《といふ》藤波のただ一目のみ見し人ゆゑに（三〇七五）

新大系の大意は「こんな風にして人は‖死ぬと言います。藤波のような、ただ一目だけ見た人のために。」とある。第四節にあげた「時々の花は咲けども何すれぞ母とふ花の‖咲き出来ずけむ」では、対比よりも係り結びの力が強くはたらいて「花は」にならなかったのだろう。

この歌を詠むにあたって、作者は人生の無常と月の満ち欠けを結びつけることに思い至った。そこで四句までを順態条件に構成し、帰結を結句にすえることで一首の歌を完成させた。卑見によって当該歌を現代語に移すと次のようになるだろうか。「こもりくの泊瀬山に照る月は満ち欠けするものだから人の命は無常なのだ。」

おわりに

萬葉歌「隠口乃泊瀬之山丹照月者盈昃爲焉人之常無」の第四句はさまざまに訓ぜられてきたが、いずれの訓にも歌として不自然な点が残る。それは第四句末の「焉」の訓に関わるとわたしは考えた。

本稿では、初めに萬葉歌に用いられた漢文の助字全体を見わたして「焉」に及び、これが「けり」の訓を負えないことを論じた。そして、「已然形で言い放つ法」という古代和歌の語法によって、已然形をうけて係助詞「そ」を担う助字として訓ずべきこと、第四句までを順態条件節と解すべきこと、「照る月は」を文法の破格と処理せず、あえてかかる表現をなした詠歌の状況に配慮すべきことなどを論じた。よって、この歌は「こもりくの泊瀬の山に照る月は満ち缺けすれぞ人の常なき」と訓ずべきである。

本稿にひいた論に三四十年以前のものが多いのは、近年かかる議論が乏しいことを語っている。萬葉歌の訓詁の論は、もうはやらない、全くの少数派に属する営みであるようだ。だがわたしは、萬葉歌の確かなよみを究めるべく愚直な歩みを続けようと思う。

【引用文献】

稲岡　耕二（1991）『人麻呂の表現世界』（岩波書店）
木下　正俊（1965）「読めない万葉歌」（『国文学解釈と鑑賞』第三十四巻二号　至文堂）
工藤　力男（1996）「書評・鶴久著『萬葉集訓法の研究』」（『国語学』第百八十八輯　国語学会）
工藤　力男（2006）「格助詞の射程――のち見むと君が結べる――」（『成城国文学』廿二号　成城国文学会）
小島　憲之（1964）『上代日本文学と中国文学　中』（塙書房）
佐伯　梅友（1938）『萬葉語研究』（文学社　引用は再版（1963 有朋堂）による）
廣岡　義隆（2005）『上代言語動態論』（塙書房）

森　重　敏（1949）「結合語格補説――「情無　雲乃隠障倍之也」――」（『国語学』第二輯　国語学会）
山口　佳紀（2004）「万葉集における［非単独母音性の字余り句］について」（『萬葉』百八十八号）

格支配から読む人麻呂歌集旋頭歌
――手力つとめ織れるころもぞ――

澤瀉久孝

はじめに

萬葉集巻第七の中ほどに「旋頭歌」廿四首を収め、あとから二つめに左注「右廿三首柿本朝臣人麻呂之歌集出」がある。そのうちの一首（一二八一）が本稿で論じようとするものである。寛永版本の本文と訓を掲げる。訓は、本文の右に傍書されてあるものを別提の二行にわけた。

キミカタメテツカラチレルコロモキナ、メ
ハルサラハイカニヤイカニスリテハヨケム
君爲手力勞織在衣服斜春去何何摺者吉

この歌について小さな問題が論ぜられたことはある。しかし、歌全体に大きく踏みこんだ議論は、『萬葉集注釋』以来、すなわち四十数年間ほとんどなされなかった。

わたしは先年、「新日本古典文学大系」萬葉集の校注作業に携わったときに疑問をいだいたが、解決に至らぬうちに手離さざるをえなかった。その疑問を追いつづけてきて、今、一つの解答がえられたように思う。それは、標題にかいたように、動詞の格支配に注目すると新しい読みかたができるということである。その考察の経過をここに報告する。

一　研究史粗描

作歌と歌集歌とをとわず、人麻呂関係歌は概してテニヲハを表記することが少ない。その点に着目して、略体歌と常体歌に分類されることがある。この歌も表記されたテニヲハは多くないが、後述する理由も加わって常体歌とされ、諸家の間で意見が対立することはなかったようだ。そのことを頭にいれたうえで校本萬葉集によって諸本の本文と訓をみることにする。諸本の略称は、校本に倣って傍線を附した一字で示すことが多い。訓は片仮名・平仮名を区別せず、おおむね片仮名で表記する。

冒頭の「君」を有力な古写本は「公」に作るので、それが本来の文字であったとする改訂本文が多く行われる。第十字「斜」は、矢が偏の「余」を「金」に作る以外、諸本に大きな違いはない。「何何」の下字は古写本一様に踊り字に作る。結句の「摺」は、細・宮が木偏に、温が「楷」に、廣・春・西が「揩」に作る。「揩」が本来の文字だとするのが澤瀉『注釋』である。こすりぞめにする意の漢字は「揩」なのだが、日本では早い時期に誤用の「摺」も行われて現在に至る。寛永版本も十四箇所すべて「摺」に作る。三巻本色葉字類抄、辞字門スルの第二・三字が「摺・揩」であり、このいずれかで通した古写本がない実情で甲乙はつけがたい。訓には差がないので澤瀉『注釋』に従う。

訓については第二句前半の「テツカラ」は不審というほかないが、「勞」の音ラウの頭音が干渉したのだろう。第三句は元・古・神「コロモキマセヨ」。西・矢・京「コロモキナ、メ」七字は青、仙覚の改訓である。宮・細「コロモアマセヨ」とするのが主な異訓である。いずれにせよ「斜」の訓「ナナメ」では歌意は汲みがたい。第五句は「イカニイカニ」がある程度の違いしかない。結句の「スリテハ」には、元・古・神の「スラハカ」が主な異訓である。

続いて諸説をみよう。契沖『萬葉代匠記』は初稿本で第三句を「コロモクタチヌ」と訓じたが第二句は改訓しなかった。精選本では第二・三句を「タチカラツカレオレルキヌクタツ」かとした。斜をクタツと読んだのはさすがだと思うが、くたびれた衣を揩り染めにすることはおかしな行為といわざるをえない。賀茂眞淵『萬葉考』は第二句を「テタユクオレル」と訓じた。「力勞」二字をタユシの義訓とみたのは眞淵らしい直感である。だが、第三句を「きぬきせならんといへる也、斜は借り字也」とした「キヌキセナ、メ」の訓では歌意が通らない。橘千蔭『萬葉集略解』は「オリタルキヌヲ」と訓じたうえで本居宣長の説を伝え、「斜」を「料」の誤写とし、「衣服料」三字で「キヌ」とよみ、「タヂカラツカレオリタルキヌヲ」と訓じた。

第五句に相当する訓、荷田春満『萬葉集童蒙抄』の「イツチノハナニ」は「何々」を「何花」の誤写としたものである。『略解』所引宣長の説は「何色」の誤写とした「イカナルイロニ」である。結句について、

『代匠記』精選本は多くの古写本の「スラハカヨケム」を否とし、寛永版本の「スリテハヨケム」をよしとした。それに対して『童蒙抄』は「スリナハヨケム」と改訓した。この両訓は完了辞「つ」と「ぬ」との対立である。他動詞「する」なら「スリテバ」が優るが、それだけでは終らないことをのちに論ずる。

近代の説を見る。まず井上通泰『萬葉集新考』は、第四句に「春さらば」があるので、花摺という語の存在を根拠に「何花」の誤写として「イカナルハナニ」の訓を提案した。この解は『萬葉集総釋』（窪田空穂担当）にとられた。鴻巣盛廣『萬葉集全釋』は、旋頭歌は第三句で切るのが本格だとして『略解』の訓オリタルキヌヌチを拒否し、「斜」を「叙」の誤写とすると整然たる旋頭歌の歌形になると断じた。折口信夫『口訳萬葉集』では「斜」を「料」の誤写とする説によって第三句を「オレルキヌガネ」と訓じた。

以上のような研究史のうえに冒頭にあげた澤瀉『注釋』がかかれたのである。『注釋』は「斜」が「叙」の誤字だとする『全釋』の説をとる。「織在」には、人麻呂歌集によっても「オレル・オリタル」の両訓の可能性がある。衣服を「キヌ」にあてた例がなく、この先の人麻呂歌集に「コロモ」とよませた例（一二九六）があるので、この訓をとる。すると、「織在」の訓は「オレル」にきまる。第五句の本文については、「色」と「何／々」はやや離れすぎて誤字には遠い。また、あれこれと考えることを「イカニカイカニ」と繰りかえしたと見るべきではないか、とした。『注釋』の結論を左に掲げる。

本文　公爲手力勞織在衣服叙　春去何々揩者吉

釈文　君が爲　手力《たちから》つかれ　織れる衣服《ころも》ぞ　春さらば　いかにかいかに　摺りてばよけむ

口訳　君に着せようと手の疲れるばかりに織つたこの着物ですよ。春になつたらどんな色に摺つたらよいでせうか。

二　織れるころもぞ

小さな問題、「手力」から始める。前節でみた『注釋』はこれをタチカラと訓じて複合語後項を連濁しない。『時代別国語大辞典上代編』も「たちから」の見出しで〔手力〕〔田租・租〕の二項目をたて、前者の用例には、この歌と「岩戸破《わ》る手力もがも」（四一九）と古事記の「天之手力男の神」を掲げる。この三例では連濁していたか否かは分明でないが、萬葉集には他の多くの辞書が掲げる仮名書き例「春の花今は盛りににほふらむ折りてかざさむ多治可良毛我母《たぢからもがも》」（三九六五）がある。病む越中守大伴家持の歌である。

後者の古代の用例は意字表記しかみえない。日本書紀では「田租・租・租稲」の文字列にタチカラの古訓がある。名義抄に「税　チカラ」があるが、連濁したか否かは定かでない。手力と田租がひとつ文脈に出現することはまれなので、連濁・不連濁の論議にさしたる意味のないこと、いうまでもない。だが、手力にはタヂカラと読める音仮名表記があるのだから、あえて田租と同じ語形にしておく必要はないだろう。『注釋』が手力の例に右の二首をあげながら、タチカラと不連濁に訓じた意図はわからない。

次に、やはりさほど大きな問題ではない「衣服」の訓を考える。古代の文献から「きぬ」と「ころも」の違いを明快に指摘することの難しさは、『時代別国語大辞典上代編』が「きぬ」の〔考〕にいうとおりである。そこで、萬葉集の、さらに人麻呂の表記傾向をみるほかに術がない。以下、順次に番号をつけて歌をひき、原表記を傍線部に残す。

1　今作る斑衣服面影に我に思ほゆいまだ着ねども（一二九六）

『注釋』は、「衣服」二字をキヌと訓じた例が萬葉集にはみえないこと、人麻呂歌集の1がマダラノコロモ以外には訓じえないことを根拠にしてコロモの訓をとった。

さらに細かなことをいうと、いま一つの訓の可能性も考えるべきであった。

2　いにしへゆ挙げてし服も顧みず天の川津に年ぞ経にける（二〇一九）

3　あがためと織女《たなばたつめ》のそのやどに織る白布は織りてけむかも（二〇二七）

4　君に逢はず久しき時ゆ織る服の白栲衣《しろたへころも》垢つくまでに（二〇二八）

5　棚機の五百機たてて織る布の秋さり衣誰かとり見む（二〇三四）

6　いにしへに織りてし八多をこの夕へ衣に縫ひて君待つ我を（二〇六四）

7　足玉も手玉もゆらに織る旗を君がみけしに縫ひもあへむかも（二〇六五）

右は、巻第十「秋雑歌」の「七夕」九十八首から、織る行為やその対象が詠みこまれた歌を拾ったものである。2ないし4は人麻呂歌集所出の注がある三十八首の歌群に含まれる。2の「服」は6によってハタの訓に導かれる。古代語のハタは、織機も、織機にかかっている織物も（2）、織りあげた布地も（4・6・7）さしたようである。

これによると、『注釋』は言及していないが当該歌の「衣服」の訓としてハタの可能性も考慮すべきであった、といえるだろう。この段階では、キヌ、ハタ、コロモの三つの訓が考えうることになる。

第三句に残る問題を続けて検討する。

古写本の本文「斜」に対して「料」「叙」の誤字説のあることは既にのべた。もう細かな説明は省くが、旋頭歌は第三句で切れることが本格だとした『全釋』の説に従ってよいと考える。あえて一言すると、当該歌を含む旋頭歌群の第二首に次の歌がある。

住の江の波豆麻の公の馬乗衣さひづらふ漢女《あやめ》を据ゑて縫《ぬへる》衣《ころも》叙《ぞ》（一二七三）

波豆麻の公は未詳の固有名詞とおぼしいが歌末の「叙」は動かない。これは人麻呂歌集において断定辞「ぞ」を「叙」で表記した動かぬ証拠というべきである。音仮名表記の助詞があるので、この歌は常体歌とされる。

「叙」が「ぞ」を表記した文字だとなると、当該歌の第三句「織在衣服ぞ」の訓には、オリタルキヌゾ・オリタルハタゾ・オレルコロモゾという三つの組み合わせが可能となる。ここで新たな問題に逢着する。古代語における存続・完了の辞「り」と「たり」の消長である。これについて、学界ではおおよその結論に達している。記紀歌謡に「り」は四十ほどの用例があるが、「たり」はみることがない。萬葉集で「り」「たり」を下接させる動詞の比率は、語数でほぼ三対一、用例数でほぼ六対一、圧倒的に「り」が優勢である。両方を下接させることが多い動詞は「咲く」で、用例数は三十三対二十二である。巻第五の「梅花歌」から一例ずつをあげる。原文は音仮名表記なので訓には疑義がない。

梅の花今咲けるごと散り過ぎず我が家の園にありこせぬかも（八一六）

梅の花咲きたる園の青柳はかづらにすべく成りにけらずや（八一七）

「り」には承接上いろいろな制約があるので、次第に汎用性の高い「たり」にその座を譲ったと解釈されている。厳密な定形詩とはいえない記紀歌謡に「たり」がみえず「り」専用であることは、この二語の消長をいみじくも語っている。定形を基本とする萬葉集の歌で両語を有することはたいそう便利なことであっただろう。

さて、やはり『注釋』にいうように、人麻呂歌集で「在」を「たり」にあてた「持在白玉《もてるしらたま》」（一三〇二）・「霧惑在《きりにまとへる》」（一八九二）もある。だが、新興の「たり」は音数律の隘路に陥った時の切り札とすべきで、旧勢力「り」でよめるなら、それによるべきである。しかも、人麻呂歌集に「衣服」を「きぬ」「はた」に用いた確かな例はみえない。

かくて、消去法による第三句の訓は「おれるころもぞ」が無難だということになる。

三　いかなる色に

ここまでは澤瀉『注釋』の説をなぞって証明しなおしたにすぎないが、『注釋』の解がすべて適切だと考えているわけではない。

第五句「何々／何何」を考える。『注釋』がよしとしたイカニカイカニが萬葉集にみえないことから考察が始まる。後世の歌にはどうであったかというと、『新編国歌大観』十巻を検してもそれはみえない。つまり、イカニカイカニは日本の和歌には用いにくい句であったのである。ならば『注釋』が拒んだイカニヤイカニはどうだろうか。

同様に『新編国歌大観』を検すると、イカニヤイカニを用いた歌は十三首を数えるが、実質的な歌数は微少である。初出は後撰集である（括弧内の漢数字は歌番号）。

世中はいかにやいかに風のおとをきくにも今は物やかなしき（一二九二）

第二句末に鉤をつけたのは、そこで句がきれていることが明らかだからである。本居宣長が『詞の玉の緒』四の巻「何を重ぬる格」の項にあげた第一首がこの歌である。この型の歌は他に五首。最新の歌を収めるのは松永貞徳の『逍遥集』である。句切れのない歌は拾遺集にみえる。

世中をかく言ひ〳〵の果て〳〵はいかにやいかにならんとすらん（五〇七）

イカニヤイカニは結句に係る修飾語として機能している。だが一見して明らかなように、この歌は同語反復に興を覚えて詠んだふしがあるのみならず、同歌集巻第廿の哀傷と『拾遺和歌抄』に重出するほか、『宝物集』『源氏注』にもみえる。つまり五首で一首なのである。同語反復といえば、隆房集の「あなこひし恋しやこひしこひしさにいかにやいかにいかにせんせん」は言葉遊びになっている。残るは重家集の「祝十首」の一首だけである。

きみが世をいかにやいかにいははましちよも八千代も猶しあかねば（一四二）

萬葉集古写本のイカニカイカニが確定的な訓になりえず、イカニヤイカニも平安朝以後の和歌にさえ実に寥々たる用例しかみることができない。それはなぜか。不在証明が必要であろう。

不定詞の反復は必ずしも語基の有する意味を強めることにはならず、概念的な意味に転じたり、感動詞・応答詞に転じたりすることが多い。「われはいかにいかにとうしろめたく思ふに」（かげろふ日記・中）の傍線部を、引用の助詞「と」でうけているのがその例である。山口堯二『日本語疑問表現通史』はこの領域の総括的な研究である。同書では、相手に呼びかけてその返事を促す一語文的表現の例、催促の働きにおいての呼掛語への傾きも認めることができる例などを指摘した。さらに「いづらいづら」には、対自的な意志発動の呼掛語性が認められる例や、感動語寄りに解してよいのではないかとする例などがあるとした。そして「いかに」の一語文表現に最もめだつものとして、「対話のはじめに用いられる呼掛語である」として次の例をあげた。

いかにや〳〵、太郎くわじや、二郎くわじやもよくきけ（虎明本狂言・目近籠骨）

当該歌に戻って、「何々」の『注釋』の訓イカニカイカニでは、せっかくイカニを反復しているのに、副詞性が弱まって下の述語にかかってゆく力を失っているように思う。ヤを用いても同じことである。それはなぜか。原因は割に簡単に突きとめられそうである。

「や／か」は係助詞として文中にも、終助詞として文末にも用いられる。文中にあるときは、その下にある述語に受けや結びを要求する。すなわちそこで表現が終結することが期待される助詞である。したがって、イカニヤイカニにせよ、イカニカイカニにせよ、「ヤ／カ」の下のイカニでもって表現が終結した印象を与えるのである。そう考えると、右にみた諸事象、副詞性の弱まりも呼掛語や感動詞に転ずることも、素直に理解することができる。

次に考えるべきは、イカニカイカニが日本の和歌に用いられることがなく、イカニヤイカニも極くわずかの用例しか見えないことである。これには係助詞「や」と「か」の意味の差が関与しているのだろう。先学の研究ですでに明らかにされたことだが、早い時期の成果である富士谷成章『あゆひ抄』のよく知られた説明をみよう（引用は竹岡正夫『富士谷成章全集』による）。

すべて、里言に「カ」と言ふに、「思ふカ」「問ふカ」の二つあり。「思ふカ」は〔か〕に当たり、「問ふカ」は〔や〕に当たれり。（巻一）

これは文末にあるばあいについての説明であるが、この差は文中の位置にかかわらず、両助詞の根本的な性質の違いに由来する。当該歌は歌体による分類で旋頭歌の中にあるが、内容は相聞である。独詠歌と解しえないわけではないが、初句「君がため」によって対詠歌と解すべきかと思う。したがって疑問辞を用いるなら「問ふヤ」がふさわしい。だが、「いかにやいかに」では、右にのべたように傍点部と傍線部とで係り受けが成立し、叙述がそこでとまってしまう。当該歌についていうと「摺りてばよけむ」に続かないのである。イカニヤイカニの成りたちにくいことは明らかであろう。

かくて、誤字説によらない『注釋』の潔癖さは尊重するが、ここは「何色」の誤写とする宣長の説に従い、イカナルイロニの訓をとりたい。

四　揩りてば良けむ

結句に移る。「揩者吉」をスリテバとよむのは、元暦校本の訓スラハカの右にある赭の書きいれ「リテハ」をとったものである。第一節で諸説にみたように、『代匠記』精選本がスラハカを拒否し、『萬葉考』がスリテハを支持した。近年はほとんどの注釈書がスリテバと訓じている。管見の限りでここに踏みこんだ発言は、新編日本古典文学全集本だけである。すなわち「いかなる色に摺りてば良けむ」と訓じ、「どんな色に染めればいいでしょう」と現代語訳したうえで、次の頭注を附している。

ただし、現代語訳に示したように解するには、第五句が「摺らばか良けむ」とあることが望ましい。古写本元・古・神の訓スラハカをよしとしたのである。その根拠にはふれていないが、不定詞イカナルの力は被修飾語「色」までしか及ばず、結句の疑問は改めて表現すべきだというのだろう。だが、萬葉集にその形で詠まれなかった理由には言及しない。

そこで、イカナルとその非縮約形イカニアルの用例を萬葉集に求めて考えてみる。そのいくつかをあげ、仮名表記ならざる当該箇所は本文を残す。

1　はつはつに人を相見て何将有《いかならむ》いづれの日にかまたよそに見む（七〇一）

2　いかにあらむ日の時にかも声知らむ人の膝のへ我が枕らかむ（八一〇）

3　幸ひの何有人《いかなる》か黒髪の白くなるまで妹が声を聞く（一四一一）

これによると、イカナル／イカニアラムは、続く体言「日／人」を不定なるものとして修飾限定するだけであって、述部にかかる疑問成分には改めて疑問の意を示す辞（二重傍線部）が必要だったようである。疑問辞は無表記だが音数律から容易に補読できることもある。4のカである。

4　大船の香取の海に碇おろし何有人《いかなる》カ物思はざらむ（二四三六）

疑問辞が表記されず、補読することもできない二例がある。

5　いかにある布勢の浦そもここだくに君が見せむと我をとどむる（四〇三六）

6　面忘れ何有人《いかなる》のするものそ我はしかねつ継ぎてし思へば（二五三三）

5は上二句が第三句以下と倒置されて名詞文の述部となっているもの。6は主格「人の」に対する述語が「する」、助詞「そ／ぞ」は文末に用いられた断定辞で強調表現に用いられたもの。これらのことは古典文法の常識に属する。

かく考えた末に残った萬葉歌は人麻呂歌集略体表記の一首だけである。塙書房版の訳文（初版）をそえて掲げる。

7　何名負神幣嚮奉者吾念妹夢谷見（二四一八）

いかならむ名に負ふ神にたむけせば我が思ふ妹を夢にだに見む

前引新編全集本の頭注をここに援用すると、不定詞「何（いかならむ）」の力は第四句以下に及ばず、歌全体の疑問には改めて疑問辞が必要なはずだ、というのだろう。7では現実にほとんどの古写本、寛永版本も第三句をタムケハカと訓じ、夫木和歌抄にもその形で載っている。カを補読したのである。

この歌の前後の短歌に「誰為《たがためにかも》」（二四一六）・「誰故《たがゆゑか》」（二四二四）のようにカを補読した例がある。三首はともに人麻呂歌集歌で、この二例は〈誰＋形式体言〉に続く位置であるが、7はそれと異なり、疑問辞カを補読するのは無理である。江戸時代の諸注はこの訓に言及せず、近代は右の釈文のようにタムケセバをとっている。新編全集本はこの歌では特に注意しない。

探索の手を三代集に広げる。『新編国歌大観』から用例をあげ、「ヤ／カ」に二重傍線を付し、歌集名の頭字と歌番号を括弧書きする。

8　いかならむ巌の中に住まばかは世の憂きことの聞こえ来ざらむ（古・九五二）

9　いかなりし節にか糸の乱れけむ強ひて繰れども解けず見ゆるは（後・一一六二）

10　いかならむ折節にかは呉竹の夜は恋しき人にあひ見む（拾・八〇五）

右のごとく萬葉歌と同じ様相を呈するので、新編全集本の注は有効であるようにみえる。

ここで富士谷成章の考えをみよう。『かざし抄』の〈いかなる〉の項に掲げた例歌四首のうち、連体修飾句をなす初めの三首がこの形に相当する。

11　此さとにいかなる人か家ゐして山ほとゝきすたえすきくらん（拾

12　いかならんいはほの中にすまはかは世のうき事のきこえこさらん（古）

13　あはさりし時いかなりし物とてかたゝ今のまも見ねはこひしき（後）

三首とも主文の述語にかかる語句は疑問辞「か／かは」をもつ。12・13の「か／かは」には圏点がうってある。11の「か」にないのは誤脱ではあるまいか。

「里に〈どの〉といふ」の和らげを添えた〔いつれの〕の例歌は次の二首である。

14　あをやきのいとよりはへておるはたをいつれの山のうくひすかきる（後）

15　ことのねにみねの松風かよふらしいつれのをよりしらへそめけむ（拾）

見てのとおり、15は「や／か」を伴わない。

本居宣長『詞の玉緒』四の巻の「何の類」八ヶ条には多くの不定詞があげてある。係りと受けの関係を論じた書だけあって、「○何の下におく　か　かは」には「何等の辞をおきて。その下の結びとの間に。かもじをはさむこと常におほし」とし、例歌九首すべてこの形である。「●いかに」の項で「いかならんに切るゝと切れざるとあり」として「切れず下へつゞく」16を例にあげた。

16　いかならんいはほの中にすまばかは世のうき事の聞えこざらん（古）

これは12と同じ歌である。

さて、拾遺集には10と対応する形で排列された17がある。

17　いかなりしとき呉竹の一夜だにいたづらぶしを苦しといふらん（八〇四）

17は歌の構造が10と酷似するが、疑問辞をもたない点が異なる。それは萬葉歌で例外とした7と共通し、『かざし抄』の例歌15にも通ずる。だが、17は「らむ」で結ばれている。推量辞「らむ」をもつ歌というとわたしがすぐに思いうかべるのが18である。

18　ひさかたの光のどけき春の日にしづ心なく花の散るらむ（古今集・巻第二）

「らむ」は、実現した事態に対してその理由や原因について思いを巡らす語、いわば疑問の意を内包する推量辞であった。一方、15・17は不定詞を連体修飾句として含みながら、述部に係る疑問辞「や／か」がなく、主文に推量辞「らむ」も存しないが、推量辞「む／ん」「けむ」で結ばれている。この構文は古代和歌に許容されたと考えてよいだろう。

略体表記の人麻呂歌集歌7の「幣嚮奉者」に疑問辞「か」を補読することは無理である。だが、「夢谷見」の訓「いめにだにみむ」は、推量辞「む」を含んで自然である。当該歌の結句「摺者吉」に推量辞「む」を補なうのも自然なよみである。それなら、もはや疑問辞「か」を補読してスラバカとよむ必要はなく、スリテバでよいのだという結論になる。

五　手の力は疲れるか

第二句に戻る。古写本の訓テツカラが論外であること、『萬葉考』がテタユクという義訓を提出したが、続く「織在衣服斜」の訓オレルキヌキセナナメは無理であること、今は『代匠記』精選本のタチカラツカレが専ら行われていることは第一節にのべた。

先に澤瀉『注釋』の口訳を示したので、他の注釈書からその句だけをみるとしよう。

手が疲れるまでにして（全註釋）

手も疲れて（大系本）

手も疲れるほど（和歌文学大系本）

このように、なぜか「手力」の「力」が訳出されていない。それを訳出したものに佐佐木信綱『萬葉集評釋』の「疲れて手の力も無くなるほど骨を折つて」がある。だが、もとの歌にはない語句「無くなる」「骨を折って」を補っているので、直接の参考にはならない。土屋文明『萬葉集私注』では「タヂカラは手の力を用ゐる労働」と注して「働きつかれて」と訳出し、「手力」を省いている。それを省かずに訳出した『萬葉集全注』（渡瀬昌忠担当）には「手の力も疲れきって（苦労して）」とある。伊藤博『萬葉集釋注』は「手力疲れ」はなかなかいい表現だとしている。だが、手の力は疲れるものだろうか。

注釈家たちは「手力疲れ」をおかしな表現と思わなかったのか、その旨を記したものはほんどない。わずかに古典文学全集本の注に次のようにあるだけである。

「裳の裾濡れて鮎か釣るらむ」（八六一）と同じ語法。

新大系本は右にならってさらに詳しく次のようにかいた。

「疲れ」は他動詞的用法。下二段動詞は、自動詞の用法と他動詞の用法と、いずれにも用いる。「人に知

れつつ」（二四四六）、「我を音（ね）し泣くる」（三三六二或本歌・三四七一）

これは、平安和歌の「根を絶えて」などの解釈にあたって議論されたことである。ここで本格的に論ずる意図はないので深入りはしない。結論だけのべると、四段・下二段の両活用をもつ「知る」「泣く」のたぐいと、下二段活用だけの自動詞「濡る」「絶ゆ」のたぐいとは別に扱うべきである。この説明どおりにこの第二句を訳したら、「手力を疲れさせて」となるはずだが、これも自然な日本語とはいえない。かくて、「手力」「疲れ」ともに生かして訳出すべき手だてはないので、根底から考えなおしたい。

現代語に「手力」という語は用いないので、「手の力」に置きかえて「手力疲れ織りたるきぬぞ」を直訳すると、例えば次のようになるだろう。

手の力が疲れて織った布だ。

これは右にひいた多くの注釈書の訳に似ているが、わたしの語感はこれを非文とする。手を使って己れの力を引きだし、力を費やして何かの動作をする、その結果として手が疲れる、それが順序であろう。他の語で同型の文を作ってみよう。

脚力が痺れて蹴倒した立ち木だ。

立ち木を倒すために足で強く蹴る動作をした結果として足が痺れることになるはずで、それを右のように表現することはあるまい。次の文も同じである。

視力が疲れて書写したノートだ。

当該歌には当然のこととして省かれている動作主を補って、右にのべたことを文の形に膨らませて考えよう。

A1 （わたしが）手の力が疲れ、織った布です。

A1で表現しようとした真の内容はおそらくA2であろう。

A2 （わたしが）手が疲れるまで力を傾けて織った布です。

A1の奇妙さはB1の奇妙さと同じである。

B1 （創業者が）家の財産が傾き、創めた会社です。

これは次のように表現すべきであろう。

B2 （創業者が）家産が傾くほど金をかけて創めた会社です。

A2を基準にして当該歌を考えるさいに留意すべきは、「手力」すなわち「手の力」なのだから、これを受ける動詞は主格助詞「が」を支配するのではあるまい、と視点をかえてみることである。ここに参照しうる一つの口訳、「完訳日本の古典」本の上三句をひく。

あなたのために　力を尽くして　織った服ですよ

右の口訳は、原歌の「手力」に対格助詞「を」をつけ、「疲れ」を他動詞「尽くし」に置きかえた形である。これはA2の分析と類似する。だが、この口訳を提出するにさいしていかなる配慮がはたらいたのか、注には記してない。

「労」はありふれた文字であり、訓の「つかる」も特異なものではない。續日本紀の第三詔「朕御身労坐故」の「労」は、第四十五詔の「朕波御身都可良之久於保麻之麻須」の仮名書きに対応してもいる。この記憶などが訓釈に影響したのではないか。

字書にあたってみよう。観智院本類聚名義抄は二ヶ所に「勞」を掲出する。

勞　力高反　イタハル　ツカル　ヤマシ　疾也　劇也〔以下略〕（僧上83）

勞　郎到反　ツトム　イトナム　イコフ　モノウシ　ヤスヤマヒ　イタハル　イタハシ　ツカマツル

ツカル　タシナフ（佛下末38）

右にみるように後者の和訓の筆頭はツトムである。

三巻本色葉字類抄で「ツカル」「ツトム」の字を検する。

勤ツトム ツトメ　精　格　榮〔中略〕勞〔以下略〕（黒川本中22ウ）

疲《ヒ》ツカル　羸弱也　窮〔中略〕卒　痩　勞〔以下略〕（同右）

ツトムの項は「勤」を筆頭字に四十五字を収めた第三十三位が「勞」、ツカルの項は「疲」を筆頭に五十三字を収めた第六位に「勞」がある。

漢籍からの訓詁の例として、数ヶ所にみえる玄應『一切経音義』から「爾雅　勞、勤也。勞、力極也」（巻九）をひけば充分だろう（汲古書院版『古辞書音義集成』第七巻）。

以上の検討から、当該歌の「勞」を「手力（ガ）つかる」ならぬ「手力（を）つとむ」と解すべきではないか、とわたしは考えるのである。それを古代の用例によって検証しよう。萬葉集の「つとむ」の用例二つのうちの一つは、石川女郎が足を病む大伴田主に贈った歌にみえる。

我が聞きし耳によく似る葦のうれの足引く我が背勤《つとめ》多《た》扶《ぶ》倍《べ》思《し》（一二八）

「勤」の訓ツトメに異訓はない。お大事になさい、しっかりしなさい、などと現代語訳されている。これと少し異なるかと思われる用例が佛足石歌の一首にみえる。

人の身は得難くあれば法のたの縁《えにし》となれり都止米もろもろ進めもろもろ

何に、あるいは何をつとめるかはよまれていないが、この歌では仏道のための営みであることが自明なのだろう。日本霊異記・中巻第十九縁「増信因果、慇懃誦持、昼夜不息」の「慇懃」を、群書類従本の訓注にネモコロニツトメテとするのも同様である。日本書紀・雄略八年二月の「膳臣等乃自力労軍」の「自力」に古訓ツトメテがある。これらの用例について、辞書が現代語「努力する、はげむ」を与えたり、「力を尽くして何かを行うことを言う」などと記述するのは当然である。

平安時代の「つとむ」の用例のほとんどが前引の佛足石歌のように仏道修行をいう。辞書も語義の一つを「仏道にはげむこと」と記述するほどで、「あけくれ勤め給ふやうなれど」（源氏物語・匂宮）などは文脈なしに理解しうる。それとは異なる用例をあげる。

この御宿直所の宮仕へをつとめ給ふ（源氏物語・帚木）

吉キ女チ求メテ御祭チ可勉キ也ト云テ（今昔物語・巻第十一―三十三）

これらは「つとめる」対象が仏道から「宮仕へ」や「御祭」にかわったにすぎない。

右の記述や用例からずれている、とわたしの判断するのが萬葉集の残る一例である。

しきしまの大和の国に明らけき名に負ふ伴の緒心都刀米与《つとめよ》（四四六六）

淡海真人三船の讒言で大伴古慈斐が出雲守を解任されたとき、家長である大伴家持がよんだ、長歌と二首の短歌からなる「族を諭す歌」の第一の短歌である。大系本は「心を励まして一層努めなさい」、『釋注』は「心を励ましなさい、奮い立ちなさい」と訳している。努める行為主体のありかたを「心努め」と表現した、そう解したような訳文である。

漢文訓読文に手を広げて「つとむ」の用例を探してみた。初めに中田祝夫『古點本の國語學的研究』譯文篇から得たいくつかを示そう。平仮名の訓はヲコト点、仮名の括弧書きは補読である。連字符は省く。

努《ツト》メ（て）至教を詳《アキラ》メ、彼の紛執を釋す（大乗大集地蔵十輪経・序品ノ一）

即時奔競（と）いふは者、互相に勤メ勉《（はげ）》マシシこと（を）いふ（法華玄賛・巻第六）

而して釋勤《ツトムル》（する）こと懈ラ不（リ）シカバ（大唐西域記・巻第五）

右には格支配せぬものをあげた。次に築島裕『興福寺本大慈恩寺三藏法師傳古點の國語學的研究』譯文篇の例をひこう。

性《ヒトヽナリ》、恬簡《テムカン》ニシテ栄進を努《ツト》ムルコト無し（巻一）

苦ニ於テ安忍シテ経論ヲ勤メ宣（へ）ヨ（巻三）

専ラ翻譯ヲ努（メ）《（ム）》テ寸陰ヲ棄（ツルコト）無（シ）（巻七）

ヲ格支配の右の例のほかに次の用例がある。

亦高志ニ違（ハ）不《シ》、力（ヲ）努《（ツ）ト》（ム）可シ（巻六）

築島氏の譯文篇の写真は鮮明で、訳文に疑いを差しはさむ余地はない、とわたしはみている。動詞「努む」に格助詞は表記されていないが、補読するとしたら「ヲ」しかないと築島氏が判断したのは当然である。

手元にあるのは寥々たる用例にすぎない。ことの真相は日本語の遠い過去の闇に隠れてしまっている。したがって厳密な論証は諦めなくてはならないが、そこに能う限り探りをいれてみたい。動詞「つとむ」を自動詞とする辞書が圧倒的に多い。だが、家持の「心つとめよ」、三蔵法師伝の「力を努むべし」、石川女郎の「つとめたぶべし」を凝視していると、わたしには一つの道筋がみえてくる。

現代語ではニ格支配の自動詞用法が一般であるが、古代語の表現は別の考え方を蔵しているようだ。つとめることは当然その行為のむかう対象をさすばあいが多かった。だが、現代語訳にみえる「努力」という熟語がいみじくも示すように、何かにむかう主体の行為は容易に実現するわけではなく、それなりに負担を伴うことが多い。それは己れの心や肉体が担うべきものであろう。それは自明のこととして表現するまでもないばあいが大半なのだ。そう解することによって初めて、右の挙例を矛盾なく説明することができる。

石川女郎の「つとめたぶべし」を世話に和らげると、「お大事に」といった感じであろう。生活万般において無理をしないこと、換言すると心や体の使い方に配慮することである。家持の歌では、政敵の罠にはまらぬように心配りをして行動せよと諭したのである。当該歌の機織り行為は体を動かし、特に手の力を費やすことである。それを「手力つとめ」と表現するのはいかにも自然な詠出である。この歌は歌体によって分類されているが、内容は相聞である。己れの行動を大袈裟に恩着せがましくよむことは相聞の常道であった。先にひいた「完訳日本の古典」本の口訳、手の「力を尽くして」が適当だということになる。かくて、当該歌の「勞」は「ツトメ」と訓じていいのではないか。

動詞がいかなる格助詞を取るかは時代によって異なることがあり、決して単純ではない。かつてわたしは、古代のヲ支配から中世以降はニ支配にかわった「背く」について考え（「格助詞と動詞との相関についての通時的考察」、『日本語史の諸相』に再録）、古代語の「仕ふ」がヲ支配する例もあることに着目して萬葉歌（五三）を考えた（西宮一民編『上代語と表記』所収「鶴・西宮の法則の剰余――大宮仕へ安礼衝くや考――」、本書に再録）。本稿は、そうした視点からこの歌を読みなおして達した結論である。

おわりに

萬葉集巻第七の旋頭歌の一首（一二八一）について考えた結果をまとめると左記のとおりである。

初句、寛永版本の本文は「君」とあるが、多くの古写本に従って「公」をとる。

第三句、「織在」は完了辞「たり」よりも、古い「り」の接した形をよしとする。よって「衣服」の訓は「ころも」にきまる。この歌が旋頭歌であることから、「斜」が「叙」の誤写であるとした『萬葉集全釋』の説は動かない。

第五句、古写本の本文「何々」による訓イカニヤイカニ、澤瀉『注釋』のイカニカイカニはともに不適当なので、「何色」の誤写とする宣長の説「いかなる色に」をとる。

結句の「摺者」は本来「揩者」とあったと判断した。その訓はスラバカとする疑問辞カの補読は無理で、その必要もない。スリテバヨケムは許された構文である。

第二句「手力勞」を「手力つかれ」と訓ずる通説は、動詞の格支配の論理にあわない。「勞」にはツトムの訓、大伴家持作歌にも「心つとめよ」があるので、「手力つとめ」と訓ずる。口訳は「手力を尽くして／注いで／傾けて」などが適当であろう。

よって、この歌の本文と訓は左記のようにあるべきである。

公為手力勞織在衣服叙　春去何色揩者吉

君がため手力《たぢから》つとめ織れる衣《ころも》ぞ　春さらばいかなる色に揩《す》りてば良けむ

〈月夜の逢会・雨夜の禁忌〉考

はじめに

古代日本の男女の逢会は月夜になされることが原則で、特に雨夜の逢会は禁忌であった、という言説がある。

その言説の存在は知りながら、自分には縁遠いことと思って過ごしていたが、この三年間、自分のもとに、それに依拠する論文の提出が続いた。初めは、雨の夜の逢会が禁じられていたことを前提として萬葉集を扱った単位論文、次は、男女が月夜にしか逢えなかったとする、大学院受験に当たって提出された古代文学の卒業論文、そして雨夜の外出を禁忌とする記述のある学位請求論文であった。このように、日本の文学研究界で、この言説に依拠する主張が見られるようになったのである。

わたしは日本語学の一学徒に過ぎず、文藝作品を対象にして愛だの恋だのと論ずることには不向きな者である。が、萬葉集を中心とする古代文献を読む生活も長く、古代人の生活にも少しは関心をいだいている。

そうした経験からこの問題を一度考えてみたい。古代日本の男女が月夜に逢会する習慣を表の面とすると、雨夜に逢ってはならぬという禁忌は裏の面になる。つまり、二つで一つと言うべきこの言説の検証が本稿の目的である。

主対象となる論文・著書（文献①〜⑥）を掲げる。

文献① 林田孝和 1967「源氏物語における「月光」の設定――朧月夜尚侍を焦点に――」（『國學院雑誌』68―7・8）

文献② 林田孝和 1969「「ながめ」文学の展開――源氏物語の一構想――」（『國學院雑誌』70―9）

文献③ 古橋信孝 1987『古代の恋愛生活』（NHKブックス）

文献④ 古橋信孝 1989「月夜の逢引」（『言語』18―9）

文献⑤ 古橋信孝 1990「雨夜の逢引」上・中・下（『言語』19―3〜5）

文献⑥ 鈴木日出男 1989『源氏物語歳時記』（筑摩書房）

一 源氏物語の月夜

古代文学における月夜の意味に言及した論は多いが、それを特に男女の逢会に関連させて考えた林田孝和氏の論に注目しよう。

文献①では、源氏物語には、月夜が設定される場面に三つの型があるとする。観月の宴や遊びの場、偲ばれた人の霊が出現する場、男女の逢会や語らいの場で、この第三の場が本稿にかかわる。氏は、萬葉歌「夕闇は路たづたづし。月待ちて行かせ。わが夫子。その間にも見む」（七〇九）を引き、月光の実用面や美意識から論ずる態度を否定できないとしながらも、人目を忍ぶ男女に月光は障害にもなるはずなのに、二十一の契り場面に月光が設定されていると言う。しかも、京都の気象統計から、年間の三分の一は月が出ないこと、月の運行上、一箇月のうち六日は月の実景描写ができないことから、源氏物語の作者が、男女の契りの場面にあえて月光を設定したことに、日本人の精神史、日本民族の伝統の存在を予想している。

同じように、源氏物語の妻問いに月夜が選ばれていることを説く鈴木日出男氏の文献⑥がある。例えば、明石の巻で、入道の娘と源氏との婚姻について、

入道が結婚の日柄に最良だとして選んだ八月十二、三日とは、古来民間で行われていたらしい月見・月待の行事の日とも関連があるのだろうか。となれば、「月」へのこだわりも当然であろう。

と言う。この日取りは、入道が内々に吉日を占わせて定めたもので、入道の一存で決めたわけではないが、あるいはいくつか出た卦から選んだのかも知れない。浦の景色も、入道の邸宅に車を進める源氏の姿も、月影のもとまことに美しく描かれている。ここにあるのは、当時の日本の習俗なのか、それとも作者の配慮なのか。

逢瀬の場面が夕月夜とともに始まる例少なからずとする鈴木氏は、賢木の巻で源氏が野宮に六条御息所を訪ねる場面、桐壺の巻で帝が更衣の母を弔問すべく靭負命婦を遣わす場面を引いたのち、次のように述べる。

当時の習俗として、男が女のもとを訪れる妻問いの時間帯がちょうど夕月の出る時分に対応しているところから、右のような「夕月夜」の場面が設定されていることは間違いない。しかし、「夕月夜」は月の上旬に限られる。こうした場面を作り出すためには、上旬に設定されなければならない。

だが、これでは源氏が明石の君のもとに赴いた八月十二、三日は、すでに上旬の条件に合わないではないか。しかし、鈴木氏はこの矛盾には一切触れぬ。婚礼と日常の妻問いとは別だと言うのだろうか。月の上旬に限られるにせよ、中旬も可とするにせよ、月夜にしか逢会しない習俗が平安時代、ほんとうにあったのか。

そうしたことを知るには、日次の記録ではないが、おおよその月日がわかる『かげろう日記』が便利である。その中から、男すなわち藤原兼家の訪問に関する記事を少し拾ってみよう。

1　十月つごもりがたに、三夜しきりて見えぬ時あり。（天暦九年　本文は日本古典文学全集による）

2　二日の夜さりがた、にはかに見えたり。（天禄元年八月）

3　つごもりの日ばかりに、（略）うらもなく臥して寝入りたるほどに、門たたくに驚かれて、あやしと思ふほどに、ふと開けてければ、心さわがしく思ふほどに、妻戸口に立ちて「とく開《あ》け、はや」などあなり。（天禄三年一月）

4　かくて、つごもりになりぬれど、人は卯の花の陰にも見えず、おとだになくて果てぬ。（天禄三年四月）

鈴木氏が言うような習俗があったら、つごもりに男の訪れを期待する1や4の記述は有り得ないはずだし、そのような夜に訪れた3も、まだ月の見えぬ月初めの訪問である2も、理に合わないことになる。反証は他の資料からいくらでも拾えるが、もうやめよう。このように、他の資料をわずかに見るだけで容易に知れることなのに、何ゆえに無視するのだろうか。

林田氏の文献①にもどって見ていく。

古今集の東歌「もがみ川。のぼればくだるいなふねの、いなにはあらず。この月ばかり」は月役の女性の歌であり、その女性は客人である神を迎えるために斎屋に籠り、斎屋の印に植えられたのが槻の木であった。萬葉歌「長谷の斎槻が下に、吾が隠せる妻。茜さし照れる月夜に、人見てむかも」（二三五三）もその例で、「取り持ちてわが二人見し、趍出《ハシリデ》の堤に立てる、槻の木のこちごちの枝の、春の葉の茂きが如く、念へりし妹にはあれど、」（二一〇）は、槻の屋の民俗が発想の基盤をなしている。槻は天つ神が寄り馮き給う神木で、斉明紀二年に、田身嶺《たむのみね》の上の両つの槻の樹の辺に観《たかどの》を建てて両槻宮《ふたつき》と名付けたように、槻の生えている所に宮殿が建てられねばならなかった。用明紀にも「池辺双槻宮」があり、歴史にしばしば見える法興寺の槻の木は、ここに神意を占問う意味があった。長谷の百枝槻のもとの宴で、槻の落ち葉が浮いた杯を天皇に捧げて殺されそうになった三重の采女の献歌は「聖婚」の一夜妻を承諾したことを意味し（雄略記）、この伝承は月水の朧化表現になる。美夜受比売の襲《おすひ》の裾に月水を見た倭建命と姫との唱和は、姫が客人の一夜妻となるためであった（景行記）。

右に文献①の前半を要約した。この諸事象の意味を解くことは容易でない。立論の特徴は、血を忌むのは二次的な理念で、血は本来神聖視すべきものであったということ、月と槻の同音を重視すること、ともに折口信夫の論の継承である。古代人が血に霊威を感じていた節は常陸国風土記などに断片的に見えるが、右の文献もそう読むべきなのだろうか。景行記の倭建命の歌は「ひは細の手弱腕《たわやかひな》を 枕かむとは吾《あれ》はすれど さ寝むとは吾《あれ》は思へど」とあって、経血に当惑した心情を逆態接続で表現し、月のさわりで共寝しえない含意がある。姫の歌の後半は「あらたまの年が来経《きふ》れば あらたまの月は来経行く うべなうべな君待ち難に我が着せる襲《け》の裾に月立たなむよ」に明解は得ないが、待ちかねるうちに月経がきざすという意味らしい。とにかく両歌に経血を肯定的に見ている痕跡はない。つまり既に二次的理念による記録であり、月経・斎屋・槻の木を、一夜妻・聖婚と関連づけることは、断片的な材料による仮説にすぎない。

また、槻の木の生えている所に宮殿を建てるべきものなら、その宮殿が「槻」の名を負うことはないはずだし、あえて槻の名を付けたなら、それが高殿と皇居と、わずか二つしかないのも不審である。地名「弓月」は斎槻であり、「神のより馮く神聖な場所の意」であったという。「弓月」が「斎槻」とも書かれるのは萬葉集に見るとおりで、槻が特別視されたことは、萬葉歌（四三〇二）の題詞「大伴家持庄門樹下宴飲歌」からもうかがわれる。が、日本書紀の槻の記事のほとんどが飛鳥寺の槻に関するもので、特定の木に限られていた節がある。槻、現在の欅《けやき》は、平地に生える在来種では最大の樹高になる落葉樹で、樹形も極めて美しい。日本各地に残る巨樹のうち、落葉樹では欅が特に多く、古代の歌によく詠まれたもの道理である。だからとて、「神のより馮き給う」槻という把握は、キが上代特殊仮名遣に抵触する。

鈴木氏は文献⑥の「月」の章で、月夜の逢会の根拠を、「源氏についても〈月女〉によって歓待されるべき客人の存在と捉えている点で注目すべき見解であると思われる。」と林田氏の説を引いて論を進める。が、そこに一つの大きな誤謬がある。林田氏が「月光」のもとでの逢会を論じているのに、鈴木氏は「月夜」の逢会と見ていることである。林田氏は源氏物語での妻問いが、長雨（澪標の巻）・大雪（浮舟）・深い霧（夕霧）の夜に行われても、語らいの場面になると月の光がさしているというように、作者による月光への執着を見ているのであって、月夜の逢会に限っているわけではない。

結局、源氏物語で男女の逢会が月夜に限られるとする根拠は認め難いが、男女の逢会を初めとする重要な場面に月光が設定されていることは疑いない。それは作者の特別な意図によるのだろうが、その意図を探ることは本稿のよくなしうるところではない。王朝文学世界の月光の意味については、高橋文二『風景と共感覚』（1985　春秋社）の奥深い思索に学びたい、とわたしは思う。

二　月夜の逢会と神話

古橋氏は「古代の歌を読むのは謎解きに似ている」と筆を起こした文献④で、次のように問題を設定した。

〔謎1〕万葉集の恋歌には月をうたったものが多い。なぜ恋に月がかかわるのか。

〔謎2〕万葉集の時代の結婚形態は、男が女の所へ通う訪婚であるといわれる。結婚であるかぎり、基本的に男は毎晩女のもとに通うはずである。男は昼間働いて、夜は女のもとへ通い、明け方に帰る

という状態が続くとすると、ゆっくり休むこともできず疲労困憊してしまうではないか。（略）
ではどうしていたか。

謎1は三つの歌で説明される。用例の符号は原論文のもの。

A　はしきやしま近き里の君来むと大のびにかも月の照りたる（九八六）

B　真袖もち床うち払ひ君待つと居りし間に月傾きぬ（二六六七）

C　月夜よみ門《かど》に出で立ち足占《あうら》してゆく時さへや妹に逢はざらむ（三〇〇六）

月がすばらしいと、なぜ恋人が訪ねて来ると思うのか（A）、月が傾くと、なぜもう恋人は来ないと気落ちするのか（B）、月が美しいので占ったら逢うと出たのに、女は逢おうとしない（C）。これらには、月のよい夜は逢引によいという前提がなければならない。かくて、「月夜の逢会」という恋愛のルールが想定できるはずだ、と言うのである。

謎2については、「この世の秩序はすべて神の世にならうはずだ」として、通い婚の起源が神話にあるとの解釈を提示する。正体の知れぬ男（実は神）が夜に女のもとを訪れて明け方に帰る、三輪山神婚説話である。

この神話で重要なことは、正体がばれると関係が壊れることである。共同体においてはその成員の出自も人柄も周知のことであり、そのように共同体に認知されている者が人とみなされていた。人は人同志《（ママ）》で生活しているものだった。それゆえ正体が知られないのは神の側に属す者である。したがって恋はまず神との関係であり、訪れる男は神とみなされたということができる。

さらに、通い婚は現代の恋愛期間に含まれる。恋愛が神の側の行為とされたのは、それが子を生むという不可思議な行為で、性の異なる二人が存在の差異を超える異常な行為ゆえだ。三輪山神話で毎夜通ってくる男の正体を探ろうとしないのは、夜と昼はまるで異なる時間帯だったことを意味し、朝になると逢引は終わり、その一晩一晩が繰り返された。それが萬葉集の「新夜」だ。「恋愛が一夜ごとに終わるものだとしたら、毎晩通う必然性はない。本来的に毎夜通うものではなかった」が、「三輪山神話自体毎夜通ったことになっているし、いくら昼と夜で切れているといっても、人は記憶を持っており、感情を引きずっていく。しかも毎夜は日常化していくだろう。そこで〔謎1〕の月と重なるわけだ。」として、月夜だけに限れば毎夜通う必要はなくなるという妥協策を考案する。傍線部の致命的な欠陥に気付かないらしく、以下、さらに十首の歌について月夜の逢会が具体的に説明される。

前節で見た林田氏・鈴木氏とも異なる右の説明は、文献③の記述の要約という印象がある。その文献③では、逢会が月夜に限られる理由を次のように述べる。すなわち、本来籠っているべき夜に逢い引きするのは、「月の光を浴びてその呪力を身につけることによって、特異な存在になりえ、夜も外に出ることができるのである。だから逆にふだんは月の光を浴びるのは禁忌だった。」として、更級日記の野辺の笹原の一節、「荒れたる板屋のひまより月のもり来て」姉の形見の「児《ちご》の顔にあたりたるが、いとゆゆしくおぼゆれば」が引かれる。ふだんは禁忌だということは、特殊な場合はそうせねばならないことを意味し、逢い引きはその特殊なもの、神の側のものゆえに月光を浴びて出かけるのだという。そこで結婚起源の神話の説明に一章を費やす。

神話に対する根本的な誤解がある。神の子つまり尊貴の生命は普通の人間と同じように誕生してはならないのだ。だから、三輪の神は比類ない麗しい男に化身して戸の鉤穴を通って来たのである。もし、人間は神話の通りに行動するのだとしたら、日本の男は鉤穴から出入りしなくてはならなかった。三輪山神話に由来するという仮定に合致するのは夜の妻問いだけ。その妻問婚も特殊な婚姻形態ではないし、男が夜に通うことも自然なので、神話を引き合いに出すまでもなかったのである。しかも、月夜の逢会の起源は日本神話に見いだせない。

英語“lunatic”が、月を意味するラテン語“luna”に由来するように、人間の精神に与える月光の影響は周知の事実である。Timothy Harley の“Moon Lore”（1970）には、そうした多くの事例が見られるし、日本の古典では、竹取物語の「月の顔見るは忌むこと」など若干の例が拾える。米国の精神科医アーノルド＝リーバーの「月の魔力――バイオタイドと人間の感情」（藤原正彦・藤原美子訳　1984　東京書籍）によると、満月と新月の夜は、精神に変調を起こして泥棒や事故の発生率が高くなるというから、女のもとへ向かう男の気持ちを高ぶらせるくらいの効果は、月光に期待できるだろう。サミュエル＝E＝ハヤカワが『思考と行動における言語　第二版』（大久保忠利訳　1965　岩波書店）で言うように、散歩中の若い婦人の「いい月ねえ」という言葉は、くちづけの要求を意味することもあるのだ。

三　萬葉集の月夜

萬葉集の月夜の歌が、前節でその根拠を検討した古橋氏の理論によって実際にどのように説明されているか見ていこう。初めに文献③の三十首ほどから。頭記のアルファベットは原著のもの。〈 〉内は原著にある現代語訳、あえて引くまでもないと判断したときは省く。原著の歌と訳には改行があるが、本稿では一字分の空白でそれに代える。

H　闇夜《やみ》ならば宜《うべ》も来まさじ　梅の花咲ける月夜に出でまさじとや（紀女郎《きのいらつめ》　一四五二）
〈闇夜ならばなるほどいらっしゃらないでしょう　梅の花が美しく咲く月の夜においでにならないとは〉

闇夜なら来ないのも納得できるというのは、闇夜は逢い引きをしないで籠っているからである。それを暗くて道が危ないからといってもいいが、それはなんでも人間の利害からみる近代的な俗説である。ならば、たいまつをかかげて来てもよいし、星月夜の明るさに来てもよかった。そういう例はひとつもなく、月夜だけがうたわれるのは、それが特殊な夜だったからである。

確かに、星月夜の歌も、たいまつを掲げた歌もないが、日本の古代文献に、舶来行事の七夕伝説以外に星を語ることはまれなので、星月夜は無視していい。著者は俗説と言うが、わたしはやはり、夜道の暗さは大きな障害であったと思う。しからば、何ゆえに明りを持たなかったかというと、恋人との逢会は秘め事なのであって、あからさまに他人の目に触れることを避けたのだと思う。ならば、自然な明りを頼るには月夜が一番いいことになろう。

J　夕闇は路たづたづし月待ちていませ　我が背子その間にも見む（豊前国娘子大宅女　七〇九）

月の光を浴びて訪れる男のすばらしい姿を見たいという想いの側からうたっているとでも説明されようか。（略）諸注釈は（略）昼いっしょにいて、夕に帰ると解釈している。逢い引きとするとおかしいので宴会の歌だとする説明もある。

男の訪れを待つ女の歌と解釈しては結句が死んでしまう。月光のもとを来る男の「すばらしい姿」を、この時代の女性は探照燈と双眼鏡を用意して見たのだろうか。この歌は大伴家持関連の歌を収めた所にあり、作者名の下に「未審姓氏」の注記もあって、宴席に侍った女性の蓋然性はきわめて大きい。宵から始まった宴会を辞する男に、間もなく月が出ます、月を待つ間もあなたの姿を見たいというのは、お世辞でも効果は大きい。これは訪れる男を待つ歌だ、とした著者の脳裏にはKもある。

K　一重山隔《へな》れるものを　月夜よみ門に出で立ち妹か待つらむ（大伴家持　七六五）

この歌も、月の夜なのでむしろ逢い引きをすべきだから、恐ろしい夜なのに門に出て待っていることになり、月の夜の逢い引きが証明しうる例でもある。

奈良時代の都びとには自分の屋敷の門も恐ろしい場所だったのだろうか。東歌「恋しけば来ませ我が背子垣つ柳《やぎ》　末《うれ》摘み枯らし我立ち待たむ」（三四五五）は、実際に東国の女性が詠んだ歌とは断定できないが、この女性は夜の恐ろしさに耐え、月光のもとで恋人を待って屋敷の柳のもとにたたずんだというのか。

M　夕月夜 暁闇《あかときやみ》 の朝影に　わが身はなりぬ汝《な》を思ひかねに（二六六四）

〈夕月夜の暁方の闇の朝の光のように〔弱よわしく〕わたしの身はなってしまった。あなたを思い余って〉

「夕月夜暁闇」という表現はもう一首あって、やはり（略）比喩的になっている。この夕月夜は、暁闇の繰り返し表現として暁闇を喚び起こし、意味的には暁闇が中心である。（略）ひょっとしたら、早く月が沈んでしまうので、訪れた男も早く帰ってしまったのかもしれない。

もう一首は「夕月夜《ゆふづくよ》 暁《あかとき》 闇《やみ》のおほほしく見し人ゆゑに恋ひわたるかも」（三〇〇三）である。確かに「比喩的」だが、Mとは異なるうえに、著者はMを誤解しているようだ。この上二句は「朝」の序であって、「朝影になる」は、他の用例（二三九四・二六一九）も同じで、朝日によってできる細長い影のように、恋の切なさに身がやせ細ったという慣用的な譬喩表現とする通説でいい。「朝の光のように弱々しくなる」のではない。したがって、この歌は恋しい人に逢えぬつらさを詠んだもので、夜訪ねて来た男が帰ったのちの歌ではありえない。

続けて文献④を見る。頭記の符号も原著のものである。

E　月立ちてただ三日月の眉根《まよね》かき日《け》長く恋ひし君に逢へるかも（大伴坂上郎女　九九三）

月が改まって三日月のような眉をかき、ずっと恋しく思ってきたあの人に逢えるのだよ、といった内容。この三日月を眉の比喩とだけとるのでは、「月立ちてただ三日月の」と続くニュアンスがおさえ難い。月が改まって三日月が出、ようやく恋人に逢えるようになったととるべきである。

次に家持の三日月の歌もあるので題詠かと思われ、この歌の「君」は家持くさい。つまり叔母から甥への歌ということになり、月夜の逢会の例には適しないのである。歌意の理解も腑に落ちない。結句を「あの人に逢えるのだよ」と逢会以前のこととしているが、萬葉歌のこの語法は既然の事態を表わすはずである。

K　かくだにも妹を待ちなむさ夜更けて出で来し月の傾くまでに（二八二〇）

L　木の間より移ろふ月の影を惜しみ徘徊《たちもとほ》るにさ夜更けにけり（二八二一）

野外の逢い引きだろう。Kは男の歌で、夜更けて出る月が傾くまで恋人を待っているとうたう。それに答えてLは、月を惜しんで散策している間に夜が更けてしまったと弁解している。（略）Lからは、夜が更けると逢引きできなかったといえる。

Lの女は、月影にめでて徘徊しているうちに夜が更けたという。先に文献③のKで、夜に自分の家の門に出て男を待つのも恐ろしいと解釈したのは何だったのか。

以上、文献③と④に挙げた萬葉歌から、古代の男女の逢会が月夜に限られたという習俗はうかがえない。論者にそう見えたのは、歌の誤読や、ある種の先入観などによる幻想にすぎない。

四　雨夜の習俗

雨夜の禁忌に移ろう。

文献②は、源氏物語帚木の巻の雨世の品定めを枕に、「雨の降る夜には互いの肌を触れることを禁忌とする」習俗を論ずる。求婚や交情の場に、雨の禁忌に矛盾する例もあるが、それも「ながめ文学」の範疇に位置付けられるとして、平中、落窪物語、萬葉集をも視野に入れる。萬葉集からはまず次の三首を引く。

韓衣君にうち著《キ》せ見まく欲り、恋ひぞ暮らしし。雨の零《フ》る日を（二六八二）

わが夫子が使を待つと、笠も著ずいでつつぞ見し。雨の零《フ》らくに（三一二一）

心無き雨にもあるか。人目守《モ》り　ともしき妹に今日だに逢はむを（三一二二）

そして「長雨忌みの習俗を底意識にもった詠歌であることは明かである。」と言うのだが、わたしにはその根拠が分からない。特に第一首は、ようやく仕立てるか手に入れるかした服を男に着せたいと思って一日過ごしたが、雨なので今夜は来ないかも知れない、と解釈してどこにも不都合はない。だからこの歌から、雨夜の逢会が禁忌であるとする結論は導けない。残る二首は問答歌である。女の歌の結句は第四句と倒置の関係にあると見ることもでき、逆接ないしは詠嘆の意味を帯びており、「笠もかぶらずに出て見た、雨が降っているのに」というので、雨夜の禁忌があったら、詠まれない歌である。

林田氏は続けて、雨夜の逢会に抵触するごとき八首を検討する。その内の五首を挙げよう。頭記の番号は原論文のものである。

3　妹が門　行き過ぎかねつ。ひさかたの雨も零らぬか。そを因にせむ（二六八五）

4　ただ独宿《ヌ》れど　寐《ネ》かねて、白細《シロタヘ》の　袖を笠に著　ぬれつつぞ来し（三一二三）

6　ひさかたの雨のふる日を　わが門に蓑笠著ずて　来《ケ》る人や誰（三一二五）

7　纒向《マキムク》の　痛足《アナシ》の山に　雲居つつ　雨は零れども、ぬれつつぞ来《コ》し（三一二六）

8　こもりくの　泊瀬の国に、さ結婚《ヨバヒ》にわが来れば、たな曇り雪は降り来。さ曇り雨は来。（中略）家つ鳥　鶏《カケ》も鳴く。さ夜は明け、この夜は明けぬ。入りてかつ眠む。この戸開かせ（三三一〇）

「よく吟味してみると、ある一つの共通した発想があるようだ。3・8番歌をみてみると、その雨は、男が女のところへ通う途次降り始めたものである。男が家を出たときから降っている雨ではなかったことに、注目すべきであろう。」と氏は言う。8は確かにそうだが、3では雨など降ってさえいない。恋しさの余り、女の家の前を通り過ぎかねた男が、雨が降ってきたら、立ち寄る口実ができるのだがなあ、と実現するはずのない願望を吐露したものだ。氏は、4・6・7を根拠に「雨の日に思う女のもとへ通うには、男は蓑や笠をつけず、びしょ濡れになりながら通っていくことが、これらの歌に共通する前提条件となっている。言い換えれば、蓑笠姿で人の家を訪ねることを避けた訪問形式をとっているのである。」と解釈している。氏の論の要となる重大な発言である。

8は巻第十三にあり、一個人の一回の体験ならぬ民謡かと言われる。妻問いの途中、雨や雪に降られたが、雨具の有無は分からないのだから、ここに引くのは筋違いである。もし、女のもとへ蓑笠をつけて行くことが禁忌で、びしょ濡れで行く習慣であったら、濡れることを何ゆえにかくも嘆くのか。堂々と妻問いしたらいいではないか。氏がかく言うのは、日本書紀神代紀第七段、第三の一書に、底根の国に追放されたスサノヲが、青草を笠蓑に結い、衆神に宿を乞うた話に拠り、蓑笠をつけた姿は田の神・農業神の姿にほかならないからだ、と言う。折口の説をうけるのだが、これは当該記事の過剰解釈である。すなわち、「爾より以来、世、蓑笠を著て、他人の屋の内に入ることを諱む。又束草を負ひて他人の家の内に入ること諱む。」（日本古典文学大系による）とあって、雨具や束草をつけたまま他人の屋内に入ることを戒めただけである。この姿が、松村武雄『日本神話の研究』第二巻に言うように、「古き代の日本民族が観じ且つ信じた霊格出現の一つの定型で」あったとしても、そうした「装態の者を妄りに屋内に入れること」を禁忌とした「三輪族」の伝えにすぎない。

以下、「笠宿り」の民俗、物語・和歌・謡曲などから事例を挙げて論証しようとするが、取り上げるには及ばない。

鈴木氏の文献⑥の「雨」の章は、伊勢物語の芥川に始まる。以下、宇治拾遺物語の「鬼に瘤取らるる事」、源氏物語手習の巻で宇治川に入水した浮舟発見のくだりなど、異怪の出現が雨夜に起こっていることを述べ、雨が超越的な力を表わしているとする。雨の夜に異怪が出現しはしないかとは、現代人でも思いがちな、自然な観念である。鈴木氏は、雨夜の逢会の禁忌を直接には言わず、長雨忌みの習俗、すなわち「長雨の降り続くころ男女の共寝があってはならぬという禁忌の習俗」と説くが、根本の考え方は林田氏に同じい。そして、源氏物語賢木の巻の源氏と朧月夜尚侍との密会について、次のように述べる。

逢瀬の夜の雨が、ここでは流離の身を導いたともいえようか。この雨にも、人間に一大事をもたらすような超越的な力が作用しているともいえようか。雨を忌む習俗が関わっているのであろう。というよりも、雨を通して神が来臨するという潜在的な信仰を基盤に、異界からの力が加わっているのではないか。

右に引いた四つの文の終り方を見ると、疑問形が三つ、推量形が一つで、推測に推測を重ねた記述であることが分かる。こんなに確信のもてない態度では、雨夜の禁忌の論証はできまい。

五　萬葉集の雨夜の歌

文献⑤に移る。古橋氏が「雨夜に逢引が禁忌であることの確認をしておこう。」として掲げる歌から二首を引こう。

春雨に衣はいたく通らめや七日し降らば七日来じとや（一九一七）

韓衣君にうち着せ見まく欲り恋ひそ暮らしし雨の降る日を（二六八二）

「韓衣」の歌については前節で言及した。「春雨」の歌も解釈に異見の出るようなものではないが、氏は、雨降りを理由に来ない恋人を非難している。このような非難が成り立つためには、男の、雨が降っているから行けないという口実が習俗としてなければならない。しかも男は七日降ったら七日来ないと言うのだから、この禁忌はそうとう強く守られていたことになる。

と言う。これは誤解である。雨夜の逢会を禁ずる習俗があるなら、その共同体の一員である女も、訪れぬ男を責めないはずである。また、七日降ったら七日来ないと言っているのは男ではない。もし降り続いたら七日来ないつもりか、と女が仮定の上で男に問い、春雨なんだから濡れて来てよ、と誘う歌である。

著者の見解はすべて右の前提から出発する。次いで文献③から引こう。「月が出ている夜は逢い引きができたということは、逆に月がなければ逢い引きは禁忌だったことを意味する。」「『万葉集』では逢えない夜としてよく歌われるのは雨夜である。」として多くの歌が挙げられる。

Q　雨障み常する君は　ひさかたの昨夜《きぞのよ》の雨に懲りにけむかも（五一九）

〈雨障みをいつもするあなたは（ひさかたの）昨夜の雨に懲りたでしょうね〉

事情が正確にわからないが、雨障みを口実に来ない男に対して、皮肉をいっている。久しぶりに訪れた夜、雨が降って帰るに苦労したのだろう。（略）雨にあたることの禁忌をよく示し、それを雨障みといったことが明らかになる。

この歌を証歌とする意図が分からない。これは雨夜の禁忌を否定すべく有力な歌だからだ。もし雨夜の禁忌があったら、雨障みを口実にする必要はもとよりないはずだ。常には雨障みをする男を皮肉るのも、そうした禁忌がないからだろう。著者は、女のもとからの帰途に降られたと断定するが、普通、女のもとから帰るのは早朝だから、そう解釈すべき契機はない。日ごろ雨の日にはむやみに出歩くことをしない、すなわち

「雨障みを常する君」が、昨夜めずらしく出て来たが、雨に濡れてひどい目に遭った。それで今夜は来てくれないのですね、という歌なのである。

R　雨隠り情《こころ》いぶせみ出で見れば　春日の山は色づきにけり（一五六八）

恋の歌ではない。（略）雨隠りが終わって出てみるとすっかり黄葉になっていたというのは、雨が黄葉にしたということになる。そういう呪力ある雨だから、降っているときは雨隠りした。隠りから出てみると、外界が変わっていた。それは、隠りが再生するためという幻想としてもいえる。

秋雨や時雨によって木の葉がが色付き、またその色が濃くなることは幼児でも分かること。それを雨の呪力と認識していたと判断することは、古代の文献をどう読んでもわたしにはできない。黄葉が雨の呪力によるなら、「朝露ににほひそめたる秋山にしぐれな降りそ　在りわたるがね」（二一七九）、「秋風の日に異に吹けば　水茎の岡の木の葉も色付きにけり」（二一九三）によって、朝露にも秋風にも、さらに「今朝の朝明け雁が音聞きつ・春日山もみちにけらし　我が心いたし」（一五一三）からは、雁の声にも呪力を認めねばなるまい。萬葉時代の人々が古代的な世界観の内に生きていたことは否定できない。が、未開人ではなかったことは、これだけの歌を詠み、漢字を駆使して記していることが雄弁に語っている。季節の移ろいに対する感性は現在の私たちよりも鋭かっただろう。雨に色づき、霜に黄葉し、雁の声が萩の花を散らす、そう見立てる遊び心を有したのである。古橋氏は「雨隠りが終わって出てみるとすっかり黄葉になっていた」と解するが、それなら萬葉歌では「雨止みて」と詠むはずで、これは、秋の長雨で気がふさぎ、ちょっと外に出て春日山を眺め、数日見ないうちに黄葉が始まったことに驚いた、と解すべきである。引用部最後の「隠りが再生するためという幻想」は意味不明である。

S　笠無《な》みと人にはいひて　雨障み留《とま》りし君が姿し思ほゆ（二六八四）

この歌は昼間のことだろう。人に「笠がないので」といったという。笠がなければ雨の日は外に出てはならないことがわかる。笠をさして雨が避けられればいいのである。雨が天から降ってくる呪力の濃いものとすれば、笠はその呪力を受け止め、守ってくれるものになる。

T　ただ独り寝れど寝かねて　白栲《しろたへ》の袖《そで》を笠に着濡れつつそ来し（三一二三）

U　雨も降り夜もふけにけり　今さらに君行かめやも紐解き設《ま》けな（三一二四）

問答である。男は雨が降っているので訪ねていけないゆえ、一人寝しようとしたが寝られず、袖を笠にして来てしまったという。雨夜の禁忌はいきている。そして笠をさせばよいこともみられる。それに対して女は、雨が降っているからお入りなさい、いっしょに寝ましょうと答えている。やはり雨のなかを歩くのが禁忌であることを理由にしている。

いつの間にか、雨夜の禁忌はすっかり緩んでしまっている。S・Tによると、笠や袖で雨を避ければ抵触しない程度の禁忌であったらしい。異性を訪うときに敢えて雨に濡れて行く人はまずあるまいから、この禁忌は意味がない。文献⑤下では、『落窪物語』の少将が雨夜に傘をさして姫を訪うくだりについて、「傘は前回に述べた笠と同じで、直接雨に触れることから守ってくれる不可思議な力があるものだった」と言う。Sでは、「琉球王は冷傘《リャンサン》をさしていた。それによって天から降り注ぐ霊威を受感していたのである。」とも言う。雨となって天から霊威が降り注ぐなら、まともに全身で受けてはどうか、とわたしは思う。要するに、女には会いたい、冷たい雨に濡れるのはいやだ、それが人情というものだろうに、禁忌だ、呪力だ、不可思議な力だという。Uでは、雨に濡れることを避けて共に寝るのはいいと言うのだろう。

月の呪力を身につけて女に逢いに行くのだという著者の説明を先に見たが、それでは雨の呪力とはなんだろうか。文献⑤上で、「時待ちて降りし時雨の雨止みぬ明けむ朝《あした》か山のもみたむ」（一五五一）の上二句について、

いわゆる擬人法という説明がなされているが、これはなんでも人間を中心に見ている認識である。神を中心に据えた世界観をもつ古代に、擬人法という言い方を当て嵌めるのはおかしい。いわゆる自然に対して、人間と同等に、あるいはそれ以上に霊感を感じていたのが古代である。とすると、雨は雨の意志で降り、花は花の意志で咲いたと考えるほうがあっているに違いない。

と記す。最後の一文は重要な意味をもつ。なぜなら、続く段落で、大伴家持の雨乞い歌（四一二二・四一二三）と降雨を言寿ぐ歌（四一二四）を挙げ、「神が雨を降らせたのだから、雨は神のものである。」と書いているからである。変幻自在の論法である。雨が実りをもたらすことは言うまでもない。もしそれが呪力というべきものならば、女のもとに通う男がその雨に濡れて呪力を身につけ、子孫繁栄という実りを期待すべきである。

六　あまつつみ

以上の考察に見える、古代の日本人が雨夜の逢会を禁じられていたという考えはどこから来るのだろうか。林田氏は、「ながめの文学は、縷述するまでもなく、いかに相思相愛の男女であろうと、雨の降る夜は互いの肌を触れ合うことを禁忌とする、いわゆる長雨忌《ナガメイ》み、雨障《アマヅツ》み、雨隠《アマゴモ》りの習俗を基盤にして成立した文学である。」「この長雨忌みの習俗に、初めて光をあてられたのが、折口信夫博士であった。」と明言する。鈴木氏も、長雨と眺めの関係を、雨の降り続くころに男女の共寝を禁ずる習俗として、ためらいながら折口の説に従っている。古橋氏は他の二氏と若干違う。独自の思索の結果だろうか。

折口の主張の要諦は、「天つ罪」の説明「すさのをの命が、天上で犯された罪で、其罪が此国土にも伝はつて、すべて農業に関する罪とされて居る。つまり、田のなり物を邪魔するのが、此国でいふ処の天つ罪である。」(「大嘗祭の本義」)に尽きる。これが「雨障み」であり、田植え時に夫婦共寝せぬ地方の習俗から、すなわち「長雨忌み」なのだと言う。

折口の立論がきわどい文証に拠っていることは言うまでもない。そもそも、「ながめ」は「ながめいみ」の下略だとして、奈良時代の「ながめ」の唯一の実例、古事記の「恒令経長眼」の「長眼」を折口は借訓表記と見たが、古事記の表記体系に即すると、そう解すべき根拠はない。「天つ罪」の「罪」の語は余りにも新しい罪悪観念が入り過ぎているようだとして、その語源を別に求めた結果が同音語の「雨障み」であった。

そして、「ながめいみ即雨づゝみを、どうして今まで、天つ罪と関係して考へなかつたのであらうか。違ひは単に、濁りだけのことである。昔の人にはつゝみでもづゝみでも同じ事であつた。」（「古代に於ける言語伝承の推移」）と言うが、果たしてそうか。

折口の口譯萬葉集から「あまづつみ」を原文表記に戻して五首を見るとしよう。

雨障常する君は、ひさかたのきのふのよの雨に懲《コ》りにけむかも（五一九）

ひさかたの雨も降らぬか。雨乍見、君にたぐひてこの日暮らさむ（後人追同歌　五二〇）

第五節のQと、それに追同した歌である。後者は、雨が降ってくれたらあなたと一緒に一日過ごせるのに、と降雨を願う歌であるから、雨の日の逢会の禁忌を否定しうる歌である。

雨障心鬱《イブ》せみ、出でゝ見れば春日ノ山は色づきにけり（一五六八）

茲に在りて、春日や何処《イヅク》。雨障出でゝ行かねば、恋ひつゝぞをる（一五七〇）

ともに秋雑歌なので、「萬葉にある「雨づゝみ」「長雨《ナガメ》斎《イ》み」など言ふ語は、雨季の五月の忌籠りを言ふので、雨の為に出られずに、こもつてゐる義ではない。」（「古代民謡の研究」）という説明と矛盾する。

笠なしと人には言ひて、雨乍見留りし君が、姿し思ほゆ（二六八四）

これも同様で、笠がなくて出られない、と他人には言って、女のもとにとどまった男の姿を思い出している女の歌である。雨夜の禁忌とは正反対の状況の歌なのである。

なお、折口も「日本の昔話に、天つ罪・国つ罪といふ竝立した語のある事は、前に述べた。」（「大嘗祭の本義」）と言うように、この二語は「六月晦大祓」の祝詞に見える。折口はその論文では遂に「国つ罪」には言及しなかった。天つ罪が「雨つつみ」に由来するなら、対応する「国つ罪」も「某つつみ」に由来するはずだが、「古代に於ける言語伝承の推移」では、「あまつゝみは、くにつゝみに対してゐるとされてゐるが、さうではなさ相である。」「くにつゝみは、更に不思議であるが、此は、我々の考へてゐる程古いものではないらしい。」としか言っていない。折口には、結局これが解けなかったのだろう。かくて、折口信夫の「あまつつみ」論は瓦解せざるを得ず、それに依拠する林田氏・鈴木氏の論も成立しない道理である。

おわりに

以上、言葉の意味を正しく読み取ることだけを心がけ、愚直とも無方法とも言うべき態度で古代文献を検討し、〈月夜の逢会の習俗・雨夜の逢会の禁忌〉という言説は成り立たない、あえて言えば、妄説である、という結論に達した。

今の日本社会には、「古代ロマン」などの表現でこの時代の生活を美化する風潮と、反対に原始的で貧しい生活を送っていたと考える風潮とがある。萬葉集の歌から生活の現実を読み取ることは難しくて実情は知りにくいが、昼の労働から解き放たれた夜、恋しい人を訪れる男にとって、月明りはさぞうれしかっただろうし、冷たい雨はさぞこたえたことだろう。

本稿で検討した論著には月夜と雨夜しか取り上げていないが、それでは曇り夜はどうなのか。それを除外しては議論が成り立たないはずだが、見落としがなければ、文献③に僅かに「曇って月が出ない夜も、もちろん逢えない。」とあるだけである（120ページ）。また、雨の降る昼中に逢うことはどうなのか。文献③は「朝去《あしたゆ》きて夕《ゆふべ》は来ます君ゆゑに　ゆゆしくも吾《あ》は嘆きつるかも」（二八九三）を二回引く。初めは「昼想うのが禁忌であることを示す例にもなる。このようにうたえば、禁忌の侵犯の災いから救われる。それが歌の呪力である。」（49ページ）と言い、あとでは「昼間に逢い引きしてはいけないだけでなく、想うのさえ禁忌だったことがわかる貴重な例である。」（104ページ）と言う。ところが、「O　霞立つ春の長日を恋ひ暮らし　夜の更けぬるに妹に逢へるかも」（一八九四）では「昼は早く夜にならないかと待ち」と述べ、「P　心なき雨にもあるか　人目守り乏《とも》しき妹に今日だに逢はむを」（三一二二）では、「今日だに」とあるのは「うたっている時が昼間であることを示す。早く夜よ来いと楽しみにしていたのに、」と解き、第五節で引いたS（二六八四）も昼間のこととしている。このように変幻自在の弁を並べ、不都合な例は呪力とする。かくも簡単に侵犯できる禁忌なら無きに等しく、議論は空しい。

論者は、古代人が伝承の色濃い世界に生きて、各種の約束や禁忌に行動を規制されていたと言う。彼らが雨夜の禁忌を侵して異性と逢おうとするとき、心にためらいが生ずるはずだ。禁忌を侵して雨夜に逢会を果たしたら、いかなる罰を受けるか不安に怯えるに違いないし、何事も起こらなかったら、不安の大きさに応ずる安堵感を覚えるだろう。それを彼らが歌に詠んだ形跡が私には見いだせない。不可解なことだ。もし、直接に詠まなかったとするなら、歌の行間から、言葉の背後から、そうした人間の心理を読み取ることこそ、文学研究ではなかろうか。

論者の論理の基盤の一つが神話にあることはすでに触れた。神話は、現実の生活・社会・自然の起源を解釈したものだからである。しかし、エリアーデが言うように、儀礼が神話にモデルや祖型をもつのであって（堀一郎訳『永遠回帰の神話』　未来社　33ページ）、日常生活のすべてが神話に基づくとするわけではない。さきに文献③で、男女の逢会が夜に行われるのは神の行為と見なされるからだという説明を見たが、Eの歌（二三九一）の条には、昼の労働も神の行為だと言う（108ページ）。人間不在の文学論なのである。

この言説に依拠した文章や論文はさほど多いとは言えない。それでも少しずつ目にするようになってきた。例えば、廣田収氏は『日本文学』30―11（1990）に掲載された文献⑥の書評で、月の項目を紹介した次の段落に「御指摘は明快である」と書き、佐佐木幸綱氏は『短歌』43―5（1996）のエッセイで、文献④と⑤を含む古橋信孝『雨夜の逢引――和語の生活誌』（1996　大修館書店）を、「万葉集時代の恋愛の実体に大胆な仮説を提出して注目されている」とし、三浦佑之氏は『歴史地名通信』11号（1988　平凡社地方資料センター）のエッセイで、文献③から「逢い引きは原則的に月の夜に限った」を引き、東茂美氏は『大伴坂上郎女』（1993　笠間書院）に「雨天の外出は禁忌なのに」（141ページ）と書いている。

この言説を直接に批判した論文が見当たらないのはなぜか。文献①と②は母校の雑誌に発表されたことが原因だろうか。文献③と⑥は掲載誌が学術雑誌でないことも批判を免れた一因かも知れない。文献④と⑤は、言語学の専門家も読むはずだが、この問題は言語学の対象にはなじまない。それに、我々の学界には、うさん臭くても無視する風潮がある。批判にも値せずとして無視するのだが、当人は自説が認められたと錯覚するらしく、奇説珍説が生き延びる。本稿の対象に限って言うと、折口信夫の学説に依拠する点が多いことも要因だろう。特にその学統にある人たちは、論文の中でさえ折口を「先生」と呼ぶのが一般である。かかる態度で師の学説を客観的に見たり検証したりすることはできまい。いわんや批判においてをや。

諏訪春雄『折口信夫を読み直す』（1994　講談社現代新書）は正面から折口を批判した貴重な仕事である。その一節「折口を神のように崇める折口門下からの反撃を覚悟することなしに、折口を批判することはゆるされなかった。」の傍線部を「ができなかった」に替えると、そのままわたしの感想になる。続く「無菌栽培のように、一部の熱烈な信奉者だけにまもられて、批判にさらされることのなかった折口の学問体系は土台がゆらげば一挙に崩壊する危険をはらんでいる。」も同感である。

取るに足らぬ言説のために多くの紙数を費やして憂欝である。反証はいくらでも拾えるが、萬葉歌一首を記して本稿を閉じよう。

石上《いそのかみ》零《ふる》十《と》方《も》雨《あめ》二《に》将関《つつまめ》哉《や》妹《いも》似《に》相武《あはむ》登《と》言義《いひて》之《し》鬼尾《ものを》（六六四）

附記　本稿をなすにあたって、岐阜大学教育学部の小山田隆明教授（心理学）の教示を受けることがあった。

［追記］

一　第六節で、古橋氏のあまつつみの考え方が、折口の理論による林田、鈴木両氏とは異なる旨を述べたが、古橋『雨夜の逢引――和語の生活誌』（大修館書店 1966）では、記述を補うように折口信夫の説に言及している。

「障み」は隠り謹慎することだが、折口信夫は、罪の起源は神々の怒りなどにふれてツツシム状態をいうと述べている（『道徳の発生』）。「障み」が直接的に事故や病いをさす場合があるのは、それらが神々の起こすものという考えがあるからだ。それらが起こらないように慎んでいる状態から、起こってしまったこと、さらに起こって慎んでいることまで「障み」というのだろう。（44～45ページ）。

二　初校直前に発行された『古典講演シリーズ　万葉集の諸問題』（国文学研究資料館編　臨川書店刊）の「東歌を読む」で、佐佐木幸綱氏はもっと明確に、月夜の逢会と禁忌に関する文献⑤と古橋 1996 の仮説を賞揚している。

三　古代日本における槻の木の政治的宗教的な意味については、今泉隆雄「飛鳥の須彌山と斎槻」（『東北大学文学部研究年報』41号　1992。『古代宮都の研究』1993 所収）に詳しい。

歌語さまざま

歌語と日常語

　萬葉集に収められた歌のうち、詠まれた時期の推定できる期間は、最終歌（七五九年）から遡って舒明天皇代（七世紀前半）までの約百三十年といわれる。この時代の日本語を論ずるうえで、最も大きな困難は言語資料の問題である。萬葉集の歌に用いられている言葉は一般に「万葉語」と称されるが、いつの時代にも、文章の言葉と歌の言葉は異なり、日常の話し言葉もまた、それらとは異なるものである。したがって、厳密に言うと、萬葉集の言葉は、この時代に行われた日本語の一部に過ぎないのである。

　時代を移して考えると、例えば斎藤茂吉の短歌「のど赤き玄鳥《つばくらめ》ふたつ屋梁《はり》にゐて足乳根《たらちね》の母は死にたまふなり」は、確かに大正時代の日本人の日本語による表現である。しかし、「つばくらめ」「赤き」「たらちねの」「たまふなり」は、そのころの日本人が話し言葉に用いるものではなかった。萬葉集の歌においても似た状況があると考えられる。だが、この時代の人々の、日常の言葉と歌の言葉とを識別することはきわめて難しい。ここでは、萬葉集の歌には現われるが日常生活には用いなかったと推定される言葉を便宜的に「歌語」と称し、それに対立する関係にある言葉を「日常語」と呼んでおく。そのあいだには、散文、書簡、儀式、行政の用語など、さまざまの分野の言葉があるだろうが、細かなことはそのつど考えることにする。

右のような観点で見たとき、萬葉集を少し読みなれた人のあいだにほぼ常識化していることがある。蛙と鶴と猿を表わす語についてである。

かはづ・たづ

のちの楓《かえで》にあたる「かへるで」を、萬葉集では「蝦手」（一六二三）と書いている。漢字の訓は、この文字が日本語社会に受け入れられたことを示す何よりの証拠。「蝦」はヒキガエルを意味する漢字なので、このたぐいの動物をカヘルと呼んでいたことは疑いない。だが、萬葉歌には「かへる」の語を見ることがない。それに該当する語は「かはづ」であったらしい（三五六ほか）。その意字表記は「蝦」「河蝦」で、標目も「蝦」（二一六一・二二六五）で書かれた。おそらくこれもカハヅと訓むのだろう。かくして、歌文ではカヘルとは異なる語を用いていたことがうかがわれるのである。なお、萬葉歌のカハヅは、というよりも古代の歌に詠まれたカハヅは、大半が清流に棲むカジカガエルであったようだ。

同じように、助動詞や動詞の活用語尾ツルに、訓を借りて用いられた五十例を超える文字「鶴」（八一ほか）がある。しかし、歌の中に「つる」が詠まれることはなく、鳥の名としては「たづ」が用いられた。題詞の「鶴喧」（九六二）を、歌語と同じくタヅガネと訓むたちばもある。私たちは平安和歌の詞書の用法に準じて「つるのなく」と訓んでおいた。「鶴」が「たづき」の借訓表記に用いられた一例（五）もある。なお、歌に詠まれたタヅは、季節や習性から、ツルとその近隣種の鳥類を広く指すと考えられている。

古来日本人に親しい動物の名「さる」がある。これは日常語でもあったかと思われるが、萬葉集にはこの動物を直接に詠んだ歌はない。酒飲みの顔が猿に似て見えると詠んだもの（三四四）が唯一の例である。日本書紀・皇極二年の歌謡には「小猿《こさる》米焼く」の句がある。この時代、猿を指す語として「まし」もあったらしく、萬葉集で助動詞「まし」「ましじ」のマシの借訓表記に「猿・申・猨」が見え、三四四番歌の「猿」も「まし」と訓む説がある。マシは忌言葉に由来するかと言われるが定かではない。ともあれ、動物の猿猴は、歌語と日常語には「さる」を用い、特殊な用法の「まし」と使い分けられていたようだ。

本大系では言及しなかったが、そのほかにも歌語の可能性が指摘されたものがある。例えば、詠嘆の助詞「かも」は、常陸国風土記・茨城郡条の「能く渟《たま》れる水かな」の「かな」に対する歌語だとし、「雷電《いかづち》」は「なるかみ」に対し、「鄙《ひな》」は「ゐなか」に対し、「毎年《としのは》」は「としごと」に対する、というのがそれである。

正訓字がない語

歌語か非歌語かの識別に供した萬葉歌の表記を別の角度から見ると、異なる光景の見えてくることがある。

それは、かなりの用例があるにもかかわらず、正訓表記を獲得しなかった語である。「山」とか「来る」とか「高い」とかは、概念内容に漢語世界と日本語世界との差が小さいので、漢字が渡来した早い段階に訓が定着したと考えられる。それらは日本語を文字化するときにどうしても必要な語、すなわち基礎語彙に属するものであったろう。しかし、やがて非日常的な語で歌を文字化しようとしたとき、歌語は必ずしもそのための表記を持っていないことに気づかされたに違いない。

かかる語の一つ、いま雅語「いざよう」に残る動詞「いさよふ」は萬葉集に十例ある。それらは、柿本人麻呂の「不知代経」(二六四)を初めとする十種類の異なる表記によっており、遂に正訓表記は見ることができない。日常語ではなかったのであろう。

感情形容詞にもこのたぐいは多い。「いふかし」は萬葉集に用例が多いとはいえないが、意字表記を基本とする巻で、「言借」(六四八ほか)、「伊布可之」(二六一四の一書)、「伊布可思」(三一〇六)と仮名書きされていることがその証拠である。漢語「欝悒」で書かれて、古写本では一様に「いふかし」と訓んでいる語(三二六一)を本大系では「おほほし」と訓んだ。この漢語は他の箇所では「いぶせし」(六一一ほか)とも訓まれている。歌語の訓の決定の難しさを端的に語る例である。

動詞「をゝる」もその一つである。十三例がすべて仮名書きされており、しかも後の時代には用いられた形跡がなく、厳密にいうと語義未詳なのである。萬葉時代にもすでに古語と認識されていたのではあるまいか。このようにもっぱら仮名書きされた語は何も歌語に限られるのではなく、古事記、日本書紀で訓注を施された語を見ると分かるように、特殊な語や古語であることも考えられる。

日本語には雨に関する語彙が豊富だといわれる。その雨が最も集中して降るのが梅雨、すなわち「さみだれ」であるが、萬葉集には「さみだれ」の詠まれることがない。一方、のちに「時雨」と書かれる「しぐれ」は、萬葉集の三十数例の大半が秋の雨として詠まれている。そして、一つとして正訓表記がなされることがなく、すべて仮名書きされている。雨をめぐるこの二つの事実は、単に歌語か否かという問題ではないのかもしれない。

霞や雲の動きを表現する「たなびく」は、おそらく日常語「なびく」に接頭語「た」の付いたものだろう。「なびく」は「靡」で書いた例が多いのに、「たなびく」は「棚引」(三五四)、「田菜引」(三三一)、「多奈引」(五〇九)などと書かれたり、漢語表記「霏霺」(一八一二・一八一四～一七)が当てられたりしている。日常語ならざるゆえに正訓表記が確立していなかったようだ。

多彩な接頭語

右のように接頭語に着目すると、歌語として見えてくる他の一面がある。

我が背子は仮廬《かりいほ》作らす草《かや》なくは小松が下《もと》の草《くさ》を刈らさね(一一)

この歌の「小松」は、文字どおりの小さな松を指す可能性を完全には否定しえないが、仮廬を作るための萱なら、小さな松のもとに生えている草では用に堪えないだろう。「奈良山の小松が下《もと》に立ち嘆くかも」(五九三）も小さな松では様にならない。

我が命を長門の島の小松原幾代を経てか神さびわたる（三六二一）

この歌の小松は、長い年月を経た大木でなくてはならない。「小松」とは詠まれているが、これが決して小さな松ではないことが明らかである。「小松」は歌語として用いられたのだろう。「小菅」も、笠や枕を作っている（二七七一・三三六九）ところから見ると、スガ、スゲとの差を見いだすことは難しい。

「こ」と同じ表意文字「小」で書かれると訓の判定が揺れもする接頭語「を」は、さらに盛んに歌語の形成に関与したらしい。「江」は単独で詠まれることはないが、「小江《をえ》」（三八八六）が見え、「里」のほかに「小里《をさと》」があり（三五七四ほか）、「垣内《かきつ》」に対しては「小垣内《をかきつ》」（一八〇〇）が、「山田」には「小山田」（七七六ほか）があるというふうに。

接頭語「い」も多く用いられた。「い隠《かく》る」（一七）・「い行《ゆ》く」（七九ほか）・「い渡る」（一七四二）など、動詞についた盛んな生産力を見ると、音数を整えるために機能したようだ。なお、神聖の意を有した接頭語「ゆ（斎）」の音転と思われる「い」があり、主に名詞に上接して用いられ、「斎垣」「斎串」「斎杭」をはじめ、この時代の文献には多く見られる。

接頭語「さ」は「い」と並ぶ活発さで、名詞のほかに動詞にも接し、まれには形容詞にも付くことが特徴である。「さ夜」「さ野」「さ走る」「さ渡る」「さ遠し」「さまねし」など。「さ」の付いた語は萬葉歌に限らず、古事記、日本書紀にも多く見ることができる。農耕儀礼に関わるらしい接頭語「さ」もあるが、これには「さ月」「さ苗」「さをとめ」など現代に受け継がれる語もあって、歌語と見るべきではあるまい。

接頭語の機能

接頭語の機能は歌謡の形式と深く関わるようだ。古事記の歌謡を一瞥すると、

うち廻《み》る　島の埼々　かき廻る　磯の埼落ちず（五）

い伐《き》らむと　心は思へど　い取らむと　心は思へど（五一）

など多くの使用が確認される。朝廷に伝えられた雑歌の巻と言われる萬葉集巻第十三にも、

上つ瀬に　斎杭《いくひ》を打ち　下つ瀬に　真杭を打ち　斎杭には　鏡を掛け　真杭には　真玉を掛け　真玉なす　我が思ふ妹も　鏡なす　我が思ふ妹も（三二六三）

さ丹塗りの　小舟《をぶね》もがも　玉巻きの　小楫《をかぢ》もがも（三二九九）

などが見える。かような接頭語の多用は、柿本人麻呂、高橋虫麻呂、山上憶良などにも受け継がれる。

これらの接頭語は、古事記の「神《かむ》寿《ほ》き寿き狂ほし、豊《とよ》寿《ほ》き寿きもとほし」（三九）、祝詞の「神直びの大直びに見直し聞き直しまして」（御門祭）などに見える「神」「豊」「大」につながると思われる。これらが神を称える語義を明示して反復表現に現われるのは、これが口誦されたことを意味するのだろう。それに対して、先に見た歌謡の接頭語は、「真」「斎」のほかは語義を喚起せしめえず、しかも多く一音節であるのは、称辞としての機能はもたずに、音数の調整や対句の構成などに機能が限られているからである。枕詞には

「玉」「真《ま》」「御《み》」など語義の明らかな接頭語が残ることも、かかる経過を語るのであろう。

さかんな造語力

ところで、漢語を摂取してからの日本語は、造語力のかなりの部分を漢語に譲ってしまった感があり、和語の複合語の形成はあまり活発とはいえない。だが、古代の歌にはさまざまな複合語を見ることができる。古事記の歌謡には「浅篠原《あさじのはら》」「葉広熊白橿《はびろくまかし》」「石川片淵《いしかはかたふち》」「瑞玉盞《みづたまうき》」などが見える。萬葉集には、「葦分け小《を》舟《ぶね》」「卯の花月夜《づくよ》」「秋さり衣」「夕波千鳥」「夕陰草《ゆふかげくさ》」「草深野《くさぶかの》」「麻手小衾《あさでこぶすま》」「藻伏束鮒《もふしつかふな》」「山桜花」「早稲田《わさだ》雁がね」「宮出《みやで》尻ぶり」「遠里《とほさと》小野」「根柔ら小菅」「根白高萱《ねじろたかがや》」などが拾える。

これは、文法関係を捨象して語を融合させる造語法というべきだろうか。三～四語によって形成された五～七音節の名詞で、しかも多くは一例だけの語である。人々に広く用いられたものは少なく、多くは作者による臨機応変の造語なのだろう。こうした造語は、現在でも短歌や俳句の詠出の場では行われるが、古代語では、はるかに容易に造語することができたようだ。これも萬葉集の歌語の一面である。

題詞・左注と歌語

漢語を視野に入れて萬葉集の歌語を考えると、題詞・左注との訓みわけの問題もある。部立の「雑歌」「相聞」「挽歌」「譬喩」などは漢語として訓むことが定着している。本大系では、「故郷」「悲嘆」「贈答」

「童女」「交遊」などかなりの熟語も漢語として訓む一方、「黄葉」「七夕」「京師」などは歌と同じ語形で訓んだ。「妹」の文字は、歌語としては「いも」の訓で安定しているが、題詞（四八四）、左注（四一九八）もそれでよいかは定かでない。題詞の訓は、『文選』の平安時代の訓に従うという方針で「いもうと」と訓んでおいた。

この時代、砂を意味する単語には「いさご」「まなご」があったが、「まさご」は見えない。「すな」「すなご」の確かな用例は萬葉集に見えず、萬葉集では「愛子」と同音の「まなご」が一般的であった（一三九二ほか）。この語は地名にも用いられ、日本書紀・孝昭前紀の「繊沙谿」が、古事記には「真名子谷《まなごたに》」とあって、歌語とも断定できない。「いさご」は日本書紀の歌謡（二八）に一例しか用例がない。このような状況を考えて、題詞「寄浦沙」（一三九二）の「沙」の訓には「まなご」を選択したのである。

「露」を意味する語も、歌と題詞のあいだで不思議な現象を呈する。標目には「詠露」、歌には「露霜」（一一一六・二一七〇）とあるのである。「露霜」の用例は「露」の半分の二十例ほどだか、枕詞「露霜の」もあるので、私たちにはうかがえない古代人の心情が託されているのだろう。脚注には「露の歌語」としておいたが、なお未詳の語である。

主に萬葉集第二期以降の歌に見える「藤波」がある。垂れた藤の花房が風に揺れるさまを波に見立てたらしい表現である。これは漢語に用例を見ないので、日本の歌語だろうと言われる。すると、一例だけ見える「藤の花」（三九五二）は日常語だろうか。枕詞「藤波の」（三三四八）もある。「藤波の」が枕詞か否か解釈の分かれる歌（三〇七五）は、草に寄せて思いを述べた歌の中にある。脚注に記したように、中国の類書『藝文類聚』、日本の歌学書『八雲御抄』で、藤が草部に収められていることと関係があるのだろうか。三十例余り見える「花橘」（四一一三ほか）も、橘の木や実ではなく、花を端的に詠む歌語なのかも知れない。

広がる翻訳語

さて、健康な髪は黒いものと相場が決まっているので、わたしたちは日常それを「黒髪」とは言わないが、気取って「みどりの黒髪」と表現することはある。厳しい残暑の中に涼しい風が吹いたからとて、「秋風が吹いた」とは話さないが、文章に書くときは「秋風」を選ぶことがある。萬葉集の歌にはそのような表現がたいそう多いように見受けられる。そのすべてが歌語というわけではなく、広く書き言葉と捉えたほうがよいだろう。

萬葉集では「雪」が全巻にわたって見えるが、それを「白雪」と表現した例は、作者名を伝えない巻第十に三例のほか、大伴氏（一六五四・三九二六・四二八一）と橘諸兄（四四五四）の作に見える。巻第十は四季分類で編まれており、その中に次の歌がある。

梅の花咲き散り過ぎぬしかすがに白雪庭に降りしきりつつ（一八三四）

梅は大陸から渡来して日の浅い植物で、萬葉集の梅の歌は第三期以後に限られる。そのうちの一群が大宰府における梅花の宴におけるものであった。したがって、右の梅花の歌も朝廷の文雅を背景に理解すべきだろう。ここに、「しらゆき」が漢語「白雪」から生まれた歌語であろうとする見解がなされるのである。

これは、固有日本語の造語法に基づきながら、漢字に沿って訓読することで成立したと考えられるもので、「訓読語」「翻訳語」「翻読語」などと称されている。「詩語」と称される語もあり、『文選』に由来するものは「文選語」とも称される。「あをなみ」は「蒼波」から、「しらつゆ」は「白露」から、「はるのその」は「春苑」から、「はるはな」は「春花」から、「あめひと」は「天人」から、「しもよ」は「霜夜」からというように。「竜の馬《たつのま》」（八〇五）には、漢籍・仏典に見える、羽翼をもつ「竜馬」の翻訳語という見解を示した。このたぐいの語はかなりの数に上るが、固有の日本語か訓読語か判定の難しいものもあって、慎重にならざるを得ない。

漢詩句の摂取

以上はおおよそ語相当の例であるが、句に広げて考えることもできる。

風高く辺には吹けども妹がため袖さへ濡れて刈れる玉藻そ（七八二）

右の歌の初句は、漢語「風高」からの可能性が指摘されている。次の

雪の色を奪ひて咲ける梅の花今盛りなり見む人もがも（八五〇）

では、初句が漢語「雪色」から、「色を奪ひ」も漢語「奪」の用法に学んだかと解した。

春霞流るるなへに青柳の枝くひ持ちてうぐひす鳴くも（一八二一）

右の「霞」が「流る」という表現も、漢詩の「流霞」に拠るのだろう。
巻第八、山上憶良「七夕歌十二首」の長歌（一五二〇）の第十一句からの十六句を左に引く。

青波に　望みは絶えぬ　白雲に　涙は尽きぬ　かくのみや　息づき居らむ　かくのみや　恋ひつつあらむ　さ丹塗りの　小舟もがも　玉巻きの　ま櫂もがも　朝なぎに　いかき渡り　夕潮に　い漕ぎ渡り

ここには六朝詩の隔句対を駆使しており、翻訳語と見られる「青波」「白雲」のほか、「望みは絶えぬ」の句は「望断」に、「涙は尽きぬ」の句は「涙尽」によると考えられる。このように見ると、萬葉集の歌人たちは、仏典や詩文に学んだ多くの語を自分の詩嚢に蓄えていたことがうかがわれる。詠歌の際に彼らはそれを取りだし、日本語らしく手を加えて用いたに違いない。萬葉人の素朴さという捉えかたは旧時代の理解である。

以上のような視点から萬葉歌を読み解くことが望まれる。

おぼえがき

収載した論考の書誌を簡略に記しておく。二重丸を附した諸篇は、「新日本古典文学大系『萬葉集』校注拾遺」として発表したものである。

◎「〈被枕詞〉考」は、二千一年三月、成城大學大學院文學研究科発行の『成城國文學論集』第廿七輯に掲載された。

○「孤字と孤語――萬葉集本文批評の一視点――」は、千九百八十七年七月、美夫君志会全国大会において同じ題で行った公開講演に基づいている。それは、翌年三月、同会発行の機関誌『美夫君志』三十六号に掲載された。「孤語」にわたることの多くは、その導入として、既発表論文を要約する形で話した。論文化にあたっては導入部を省いたが、「孤語」に言及している部分もあるので、標題はもとのままとした。再録にあたって、誤読による記述を訂し、辞句を改めた箇所がある。

○「孤立する訓仮名――憶良「老身重病」歌の「裳」――」は、千九百八十八年十二月、『萬葉』百三十号の「黄葉片々」欄に掲載された。標題から明らかなように、前の論の応用篇である。再録にあたって、新出の廣瀬本を参照した成果を加え、当該箇所の写真を載せた。

◎「人麻呂の文字法――みやまもさやにまがへども――」は、千九百九十九年十月、岩波書店発行の『季刊文学』第十四巻四号に掲載された。標題は、西條勉氏の『古事記の文字法』にあやかったものである。名は体を表わすことを主義としている自分であるが、論点が多岐にわたって、必ずしも適当な標題であったとはいえないことを自覚しているが、改題はしなかった。

◎「鶴・西宮法則の剰余――大宮仕へ安礼衝くや――」は、二千年十月、おうふう発行の西宮一民編『上代語と表記』に同題で掲載された。本書は西宮氏の喜寿祝賀の刊行だったので、その趣旨にそって選んだ主題である。転載にあたって、副題末尾にあった「考」の文字を削った。刊行の翌年であったか、西宮氏からの年賀状には、卑見に賛同する旨が書きそえられていた。その氏は、今年五月六日に長逝せられた。

◎「人麻呂歌集七夕歌読解法」は、二千一年十一月、『國語と國文學』第七十八巻十一号の「七世紀の文学」特集に掲載された。これは、前年の七月七日、成城国文学会で「人麻呂歌集七夕歌考」と題して発表したものを骨子とする。

◎「格助詞の射程――のち見むと君が結べる――」は、二千六年三月発行の『成城国文学』廿二号に掲載された。原論文で附記した『日本語概説』からの引用を第五節に移し、その節の記述に手を加えた。

◎「助字から見た萬葉歌――満ち欠けすれそ人の常なき――」は、二千六年六月発行の『成城文藝』百九十五号に掲載された。再録にあたって、第一節初めの部分に廣岡義隆氏の著書の記述を補い、追記した山口佳紀氏の説を第一節に入れた。

◎「格支配から読む人麻呂歌集旋頭歌――手力つとめ織れるころもぞ――」は、二千七年三月発行の『成城国文学』廿三号に掲載された。

○「〈月夜の逢会・雨夜の禁忌〉考」は、千九百九十七年四月、『國語國文』第六十六巻四号に掲載された。原論文では、林田孝和氏の名を誤るという大失態を演じた。再録にあたってそれを訂正するほか、第六節で「みづから・おのづから」に言及した箇所、古事記歌謡の解釈に関する山口佳紀氏の説を紹介した「附記一」を削除した。

○「歌語さまざま」は、新日本古典文学大系『萬葉集』に、校注者が順番に書いた解説「萬葉集を読むために」の一つで、その第四冊に掲載された。同書を持つ人には重複するうえ、「校注拾遺」の名をはみだすものだが、棄てがたい私見もあるので、岩波書店の好意に甘えて再録に踏みきった。紙数の制限で割愛してあった記述を復元した箇所が二三ある。

あとがき

あれは四半世紀の昔、日本語研修センターに出講していた夏、北京の宿の夜のつれづれに大坪一夫氏から聞いた話だったかと思う。プラーグ派のある比較言語学者は、真に適切に選ばれた語が三つあれば、言語の系統が証明できると言ったとか。微細なもので巨大なものを捕捉する、それこそ学問の醍醐味であろう。それに比べると、ここに収めた拙い文章が語る、音韻・文法・語彙・文字その他さまざま、あたうかぎりの知見で大網を張って小魚を捕まえる営みは、その対極に位置するように見える。わたしにとっては興味尽きない作業だが、今は全くはやらない、時代遅れのものばかりである。

二十代の終り、勉強しなおすべく京都大学に学んだわたしは、萬葉集研究においても第一級の先生がたの教えを受けることができた。まことに幸せなことであった。以来、四十年後の今日まで、先学の切り開いた道を踏み外すまいと努めながら、なお未熟な論ばかり吐き続けている。いわば永遠の蚕である。野間光辰先生は、一年に一つでいいから確かなものを書け、と仰せられた。それを守るべく努めた若いころは、論文がまとまらないうちに迫った夏休みの終り、ひぐらしの声がこのうえなくせつなく聞こえた。濱田敦先生からは、たいていの研究は十年で超えられる、その先に生き延びるものを書かなくてはならぬ、と諭された。己れのしごとがそれだけの命を保てるか、甚だこころもとない。

佐竹昭広先生からは右の両先生のような言葉を学窓で頂戴した記憶がない。だが、その学恩はしんじつ重い。『校本萬葉集』新増補版を編むにあたって、はからずもその末席を汚して謦咳にふれ、新出の廣瀬本を含む二回の編集作業を通して親しく教わる機会に恵まれたのである。さらに、新日本古典文学大系『萬葉集』の校注作業では激しく厳しい議論によって鍛えられた。しかも、成城大学では先生がお使いになった研究室に住んで十四年半をすごした。

成城大学では、担当科目の国語学を講ずることが己れの任務であることを自覚して、萬葉集を扱うことは多くなかった。だが、近年は、自分が大学を去る日の近いことを意識し、自分の学びの他の面も学生に伝えておきたいと思うようになった。そこで三年前から萬葉集を扱うように努め、ことしは大学院で拾遺和歌集の萬葉歌を読んでいる。また、萬葉集に関する論考を成城国文学会の機関誌に発表することを心がけるうちに、それを一書にまとめようと考えるに至ったのである。

見てのとおり、本書には、一首、一句、一語、一字を論じたものが多い。結論もひとことに集約することを心がけた。そのひとことの背後には、日本語の構造と歴史に関する考察があるべきだ、個別を突き抜けて一般に、特殊を越えて普遍に至る研究が貴いのだ、と旧著『日本語史の諸相』の「あとがき」に記した。その考えは今も変わらない。本書に収めた論考の各篇の標題はその趣旨を篭めたものである。もとより、その思いがそれぞれの篇で実現しているか否かは、人々の評価に委ねなくてはならないが。

本書の題は、「新日本古典文学大系『萬葉集』校注拾遺」と附記して発表した七篇の論考に由来する。この校注作業は、山田英雄先生、佐竹昭広先生、大谷雅夫氏、山崎福之氏との十一年間に及ぶ討論を経て成った。したがって、本書はこの人たちの批判と教示のたまものだということができる。

わたしにとって三冊めの論文集となる本書の刊行を笠間書院に仲介してくれたのは、京都大学時代以来の友人、駒澤大学教授、高橋文二博士である。この分野の出版で輝かしい実績のある笠間書院のご好意で刊行することができてうれしい。特に編集長橋本孝氏の、適切な助言と細心の配慮によって、このように目にやさしい書物が実現した。日本列島を酷暑の覆う日々が続いた夏の盛り、印刷・校正に携わった方々にも心からの謝意を表するものである。

工藤力男

二千七年十一月

索　　引

・人名、書名、語詞、事項に関する索引である。
・古語は歴史的仮名遣によって排列した。
・括弧（　）内は読みか漢字表記、ブラケット［　］内は文法事項などの注記である。
・萬葉集の歌番号は別に編んで掲げた。

【あ行】

【か行】

【さ行】

【ま行】

【や行】

【ら行】

【わ行】

【欧字つづり】

萬葉集歌番号索引

・本書で言及したり用例にあげたりした歌について、『國歌大觀』の歌番号で掲げる。
・三句以上を引いたものを原則とし、二句を引いた歌も若干含む。
・異伝については、番号のあとに「イ」を添える。

著者略歴

工 藤 力 男（くどう・りきお）

1938年10月秋田市生れ。
金沢大学法文学部、京都大学大学院文学研究科修士課程に学ぶ。愛知県立・大阪府立の高等学校教諭、広島女子大学文学部助教授、岐阜大学教育学部教授を経て、1993年４月から成城大学文芸学部教授。

編著書
『校本萬葉集　新増補版』（共編　岩波書店）
『校本萬葉集　新増補版（第三次増補修訂）』（共編　岩波書店）
新日本古典文学大系『萬葉集』（共著　岩波書店）
日本歴史地名大系『岐阜県の地名』（共編　平凡社）
『日本語史の諸相　工藤力男論考選』（汲古書院）
『日本語学の方法　工藤力男著述選』（汲古書院）

現住所　〒194-0041
町田市玉川学園四丁目八番一号　103号室
電子便　kudoo@seijo.ac.jp
ksksg449@yahoo.co.jp

萬《まん》葉《よう》集《しゅう》校《こう》注《ちゅう》拾《しゅう》遺《い》

平成20（2008）年２月20日　初版第１刷発行©

著者　工藤力男

装幀　齊藤美紀
発行者　池田つや子
発行所　有限会社笠間書院
東京都千代田区猿楽町2-2-3［〒101-0064］
NDC 分類：911.12　電話　03-3295-1331　fax　03-3294-0996

ISBN978-4-305-70366-8　印刷／製本：藤原印刷